重要的人

朱華◎著

初文

目錄

自　序

　　《重要的人》是一本中短篇小説集，選用了以人物命運為主線的七個故事。由上世紀八十年代至今。前前後後，不同的時期，不同的人物命運。希望由此連接起一幅現代生活的畫卷。

　　〈慌張〉：社會快速發展，常常引起了人們的慌張、惶恐。有人發足狂奔，不辨人流，只恐落後，更有人由此產生了惡念……

　　〈重要的人〉：生活中，有的人是成功的、自主的、高光的，他們影響或引導別人的情緒；也有些人是不成功的、不自主的、不曾有甚麼高光時刻，他們往往是別人的情緒出口。可在群體中，卻人不知、己不覺地扮演著重要角色……

〈**蝴蝶飛舞**〉：生活中，她的一個不經意的善意舉動，卻引起了人們自覺不自覺的連鎖反應。如漣漪漾開，緩緩的，一波又一波，最後甚至又波及回她自己……

〈**阿林的尷尬情事**〉：一個在婚姻城門口張望的男人，情關卻屢試屢敗，總以為時代變了，女人對男人的要求變了，卻忘了自身的執念更能左右自己……

〈**女人不歸**〉：一個曾經墮落的女人，為了像正常女人那樣活著，多年來，用足心機，卻發現回歸之道其實很難……

〈**尹師母的一天**〉：她的一天很忙，她的一天沒甚麼人說話。別以為她是無足輕重的人，故事中，你會發現，她其實是全家人的主心骨，是這個家的軸承……

（此篇曾獲上海市「建設者」文學比賽1987短篇小說三等獎）；

〈**愛是美麗的**〉：他愛著，卻不是世俗意義上的愛。這愛，如光如火，吞噬他，燃燒他，喚醒了他原已不愛的心，但是……

（此篇曾獲上海市「建設者」文學比賽1985中篇小說一等獎）；

慌張

　　女人在這掛著「客棧」招牌的獨立屋附近轉悠了良久，她時不時地向客棧內張望，但卻很小心，生怕被裏面的人看到的樣子。

　　女人約莫四十來歲，白淨清秀，戴著的那副古奇眼鏡，使她不像這新界的村民——古奇公司在香港不銷這款眼鏡。她拖的行李箱，也蒙了些灰塵，顯見得她是個遠道而來的人。

　　冬至已過，天早早黑下來了，徘徊的女人好像終於下了決心，走向客棧。

　　說是個客棧，其實就是個居家環境。新界的村屋這裏比比皆是：上下三層的丁屋，又自家住一層，餘下的就出租。

　　女人舉向門鐘的手遲疑了一下，然後還是摁了上去。

少頃，黑啡色的木門開了一條線，探出個老太太的臉來：圓碌碌，肥嘟嘟。顯著福相。眼神卻是精明的，問，租屋？

女人卻好像給門撞了似的，愣愣的，目不轉睛地看著老太太。

老太太並不看女人的臉，只稍稍推開些門，看看女人身後，又問，一個人？

女人還沒回過神來。仍然緊緊地看著老太太，表情複雜，似乎期望在老太太眼裏看到些甚麼，同時蠕動著嘴唇，好像要說甚麼。

老太太聽不到回答，有點不耐煩，瞟了一眼女人，又看著行李，想在行李中找到答案。嘴上再問，得你一個？

女人有點失望，眼神收回了一些，遲滯著，終於答，一⋯⋯一個⋯⋯人。

女人說著一口外鄉話。

老太太一聽，本來有些猶疑的態度忽地斷然下來，推開大門讓女人進來。說，啱啱好有個單人房可以租你兩日。

Full 啦！Full 啦！為乜仲俾人入來嘛？屋的深處有把男聲嘶啞地嚷嚷。

正想對老太太說甚麼的女人又像被雷聲驚著似的循聲望去，見到屋子深處有張舊桌子，桌前坐著個男人，男人約莫三十上下，粗壯結實。他邊嚷著，邊在一臺舊舊的電腦前打遊戲機，「咻咻咻」的。

屋內光線昏暗，那個角落顯得朦朦朧朧。女人的眼睛眨了一下，又緊看，竭力地要看清楚那男人。

◎
慌
張

男人緊張著玩遊戲，並沒有轉臉來，只對住電腦，一邊「咻咻咻」的，一邊還是在嚷嚷。

老太太示意女人把行李放在門邊。然後自己走近男人，説，你識乜嘢？又悄悄回頭瞥了一眼那邊的女人，靠近男人用地道的新界話輕聲説，二樓嗰個長租客呢幾日不是出咗埠嘅，就租給呢個咯！又放低些聲線説，外鄉人，不識呢啲。

男人先一愣，旋即大笑，説，老媽子真係醒目！繼續「咻咻咻」的。男人一直沒回過臉來。

老太太甩手駁了一下男人的腦袋，説，人炒股票你炒股票，人哋炒股票賺了好多錢，你就輸清光！成日打機打機，我乜招數都要使啦！唔使食㗎？

他們顯然認為女人聽不懂，但顯然女人全聽懂了。她的緊張的眼神隨著對話漸漸收了，顯出些悲涼。

老太太走回門邊來，門邊有一張桌子，放著本子、筆筒甚麼。老太太叫女人拿出身分證件來做登記。

……我……呃……我……女人看著老太太，拿捏著話頭，還是想要説些甚麼，但老太太並不看她，嫻熟地攤開登記本，筆落在上面，只等女人把證件快快給她，快快把房子租出去。

女人猶疑了一下，拿出了證件。

嗯……住邊度啊……江西……老太太邊看著身分證登記，邊唸。唸到「江西」兩字的時候，老太太稍稍頓了頓，看了看女人，好像要説甚麼。

那裏的打機聲好像也停了停。

女人的眼神忽地又緊張起來，瞪著老太太，剛要説甚

麼。老太太卻只打了個嗝似的，又埋下頭核實名字、證件號碼等等。

打機聲也繼續「咻咻咻」的。

女人的眼神黯然了。

女人住進了二樓的客房，房裏給做了些小小的拾掇——表面上沒有別人的東西，但櫃子都鎖上了。女人知道，那裏有那長租客的東西。

老太太又強調只能租兩天。讓她把貴重的東西交給她，由她鎖到客棧的保險櫃裏，代為保管。

女人把東西放下，覺得心裏很痛。這是她出生的地方，她的童年、少年都在這兒度過。感覺卻是這樣的陌生。樓下的是她的弟弟和母親，他們的變化很大。母親原是個強悍的少婦，現在卻成了個老太太——肥胖、白髮，多皺紋。臉頰上的肉垂下來，像兩邊都掛了個雞蛋。在她現在居住的那個城市裏，六七十歲的人看起來大多像中年人，她的母親卻這樣的老態；而她的弟弟，原是個精瘦的幼童，現在成了個強壯的漢子，卻還是那樣懶散。三十年了，她仍能認識他們，只因為她記著他們，衝著他們而來；而她於他們，卻如淹沒在茫茫人海中，完全不認得她了。他們甚至沒有讓她開口認他們的機會，他們把她當個租客迎進來了，還是個「租上租」的客！

她環顧房間四周，典型的客棧擺設，她的母親和弟弟顯然以此維生。他們過得並不好。

她欣喜地看到那個原木茶几是舊時的，小時候她就趴在

◎
慌
張

這圓圓的小桌上做功課。桌面上，她做手工勞作時不小心留下的刻印還在。做中文，做英文，做數學……她的很多同學都找補習老師，她不用，她總是名列前茅。

她又接連看到幾件舊的傢俬：緋紅色的牀頭櫃，實木腳凳，鐵製掛衣架……這麼多年，這些東西竟還能用。她的母親一點沒變，還是那麼儉省。真像母親愛説的：財進不財出。

女人推開窗戶往外看去，她原先的家只是一層樓的平房，現在建起了三層樓房。看不見農田了，遠遠近近的，都是這樣的三層樓房。有的豪華些，有的平實些，但是高低大小建得基本一樣。

她茫然望著那高高低低的樓房。

她常聽人説，童年生活是如何如何的快樂，她卻沒有。她的生命似乎少了一截，她很想找回來。

她出生後，便不斷聽著她父母的嘆氣聲：點解唔係個男仔呢！一路求菩薩，菩薩點解俾個女仔我哋呢？

男孩是個丁。那時候政府出了個新政策：每個男丁長大後有一次建房的權力。可以建三層樓呀！而且不用補地價。那時候，有些人家就因為多生了幾個男孩，忽然就發達了，甚麼也不用幹就發達了：去市中心買樓的、成立公司的、出國留學的……把她父母看得嘆聲連連。

本來左右鄰居腳碰腳，大家的日子過得差不多。今天你煲湯，明天我做糕，端來端去，倒也和氣。這一下，人們的生活忽然分出了高低貴賤。家家慌張起來，有的四處打聽政策，看看是否有否孔子鑽；有的急中生智，買賣起田地來……誰也不想忽然成了「貧」的那個。貧則賤，誰甘心？

後來在她一路的生活裏，她也時常看見這種人比人慌死人的樣子。各種比較，各種慌張。就會想起她自己的家鄉和家人，想起她的童年。

那時侯，她的父母整天臉黑沉沉的，從不正眼看她。

她清晰地記得她的母親每次收到別人家送來的生子紅蛋，就恨得長吁短嘆，那樣子就像剛剛失竊了一筆錢財。

而她就趴在這小桌上做功課，大氣都不敢出，自慚形穢。

她父母的嘆聲直到她的弟弟出世才好些。她的苦難卻由此加深了。

她和弟弟過著冰火兩重天的童年生活。

那時候她十歲。幸好，她很喜歡讀書，不管數學語文英語，她科科喜歡。她的讀書成績總是名列前茅。後來長大些她明白了，她喜歡讀書是因為喜歡學校。在學校裏，沒人歧視她。老師、同學都欣賞她，喜歡她。她渴望那些。

但是，當她小學畢業後，她的父母卻提出要她輟學去街市幫手擺檔，賣菜賣水果，他們說她該賺錢幫補家庭了。

她當然不肯，讀書是她所有的人生樂趣。

父母斥責她，說，財進不財出，女仔多讀書多賠錢。女仔只要將來搵個老公就有長期飯票了！

她的書包被扔了。她拼命抵抗，但是她太弱小，幾次在去學校的路上被抓了回來逼著去擺攤。直到她的父親病逝，抓她的力量減弱，她逃走了。

她向北漂流，把名字改了，稱自己是孤兒。她打小工，做零活，倒也養活了自己，並又繼續了她的學業，直到大學

畢業。她在那城市工作生活了下來。

如今，她也有自己的房子，比這三層樓還要大的房子；她也有了一個女兒，卻是她和她丈夫的掌上明珠！

為何一定要是個「丁」呢？！她不慌不忙，默默努力，不也從社會的低窪處走出來了嗎？

人生的軌跡走順了，但生育了她的家，在她的心裏是個捨不去的情意結。三十年來，她已由紮著小辮的女孩成了白髮隱現的中年婦人，但是她發現，她的父母和弟弟仍然常常在她腦海裏浮現。她的身體裏始終流淌著他們的血，割捨不了。她心存不安，心存思念。為了這個，她從來不對老公、女兒説起她的童年悲傷，只説自己小時候被送了人家，而養父母已經過世。給自己留下退路。

早年，一個她父親的忌日，她忍不住給家裏寫過一封信，但是除了問候，她竟不知道説甚麼好，想起過往，仍是心痛。信寄出了，落款「於江西」。卻沒有留下地址，也沒有再寫信。

她的母親、弟弟顯然沒有她那樣的思念。她的幾次想發問、她的身分證上的「江西」倆字，都不能令他們疑惑及聯想甚麼，不能令他們細細地多看她一眼。雖然時間過了三十年，她由女孩變成了女人，變成一個眼角堆起皺紋的中年婦女。但是他們如果細細地看她，應該會找到她的少時痕跡。但是他們不。他們收了租金，竟連看也沒看過她一眼。

是的，她原該想到這樣的結果。在她出逃後最初的日子裏，她留意一切的香港新聞。散工工地上，常會有人帶出來香港的東方日報、成報甚麼。她上上下下看，直到中縫裏指

甲大的啟事，都沒有看到有關她走失的消息。他們可能根本沒有找過她。

女人的心感到一陣劇痛，她掙扎了好一會，又覺惶恐，他們會和她相認嗎？他們知道她是誰，會有怎樣的反應呢？她忽然毫無把握。

她慶幸自己沒有告訴丈夫和女兒此行的真正目的，她取了一筆私房錢說自己出差就來了。她打算日後再給丈夫和女兒一個合理的解釋，同時呈現一個美好的娘家故事。

女人頭痛劇烈，想著去街上走走，或可看到一些自己童年生活的影子，或可碰到甚麼老師同學、童年夥伴，又或者走著走著想到了，怎麼做才能最快和母兄相認。

下樓來，女人看到她的母親和弟弟——一個在看電視，一個仍在打著遊戲機，兩人的神情都甚快樂。她不無酸澀地想：很顯然，沒有她，他們並不缺少甚麼。這麼多年來他們是快樂的。

女人把一個封了口的牛皮紙袋，交給老太太請她鎖進保險櫃，說天色還早，自己出去走走。

紙袋裏是一疊現金。這些錢是她儲了多年的私房錢，也是她準備著有一天給她母親和弟弟的見面禮。她去提款時還想像著這樣的情景：……他們三人高興地相擁一起，然後，她捧起牛皮紙袋說，喔，這是我一點小小的見面禮。他們或驚喜或推卻，而她一個勁要塞給他們……總之一切是美好的，不是眼前這個樣子。眼前，他們冷漠而虛假地笑著，說，好，好，你簽個名，返來取。

她甚麼話也説不下去了。

其實，她也想過了，不管最後他們認不認她，這筆錢她也會留給他們，早晚都會給他們。這是她生命的一個結，他們不解她來解。於是她説，不用辦手續了。把牛皮紙袋給了老太太。

女人在街上胡亂走著。三十年過去，滄海桑田，哪裏還有甚麼街甚麼人呢？記憶中的田畦、小河都不見了，到處是舖頭林立的街道，來來往往的人，唧唧呱呱的聲音。晚間的酒樓恐是最熱鬧的，甚麼「王氏生日」、「張李聯姻」等等。這些花牌倒是和三十年前一樣，大紅大綠，豎在酒樓頂端。只是從前沒有這麼多。

女人走完大街又走小街，走得最多的是母親住家的附近。小街沒那麼多人，但也不乏亮堂——不少像她母親那樣的客棧，串起一盞盞彩燈，招徠客人。她緊緊地盯著每一張臉，每一個眼神。偶然有誰家打開門，她都緊走幾步，設法去看看別人，也期望別人看到她。

可是她失望了。一晚上，她如同經過的路人一樣，沒有引起任何鄉鄰多看她一眼。沒人留意她。她也沒有看到一張似曾相識的臉。而且她醒覺，自己甚至沒法向人打聽甚麼。因為她已經記不清小時候那些同學的名或姓。

歲月如白馬過隙，稍縱即逝。

她疲累地往回走，心想，直接認了他們，就直接認了他們！不管母親和弟弟如何東拉西扯，她也要一鼓作氣把話説完！這是她此行的目的。

客廳裏，看電視的、打遊戲機的兩人都不在了，一片寂靜。

或許他們都睡覺了。女人猜測。

女人不好滿世界找去找他們，提取錢袋和其他。心想，或許緣分叫我明天再相認呢！

女人倒頭就睡，想著明天該怎樣單刀直入進入話題，想著想著就睡著了。

女人沒有留意到，樓下的寂靜有些怪異，有些不同尋常。

女人更沒有留意到，她房間裏的幾扇窗子在她出去時都被人嚴密地關實了。

……

第二天，女人倒斃在牀上。

接著，這城市的報紙出現一條新聞：新界 XX 度假屋，一個四十多歲的江西女子 XXX 燒炭自殺。……事件由東主母子報警揭發，警方正在聯繫她的家人進一步查找死因……

本來，女人或如一陣冬日微風，莫名地吹來，又莫名地吹走，不知所向。

警署裏，那痛苦得說不出話來的丈夫和女兒默默地收拾著女人的遺物，他們想不出女人為何自殺，更想不出女人為何來這麼遠的地方自殺。從警方細細研究的現場資料中，也確實看不到他殺的痕跡：錢包裏的錢，女人的身體，房間的一切……都說明正常。

他們只好悲傷地帶著女人回家了。即便是家人，每個人都是個體，或者都有自己不想說的秘密。

但是，當那丈夫和女兒走向離開這小島的碼頭時，忽然

發生了一件事，令事情急轉直下。

那十歲的女兒長得和女人的少時太像了！以至於街上有個中年女人指著她驚訝地叫了個名字。

那丈夫和女兒都不知道她叫誰，奇怪地望著那人。那人不好意思地指著那女兒說：「你長得和我的小學的同學簡直一模一樣！」

那丈夫和女兒想起了女人，痛楚地說，我們可不是本地人呢！擰過頭，繼續向碼頭走去。

可是，邊上給他們送行的警察卻想到了甚麼，叫住了他們，也叫住了那人。

那人叫出的名字正是女人從前的名字，在警方的資料裏有存檔。存檔裏記錄，那女兒在早年走失了。

女人在街上轉了一晚上沒有見到的小學同學，卻給她女兒撞見了。或者她昨晚撞見了不少同學，卻根本互相認不出來了。

當老太太和男人看到女人的女兒時，也一下子呆住了，「咻咻」的打機聲嘎然而止，不由自主地同時叫出了那個名字——女人舊時的名字。

事情如退潮後的沙灘，水落石出。

這結果讓每個人一時都說不出話來。

老太太和男人幾乎傻了，他們交出了牛皮紙袋，又應警方要求重演了一遍謀殺細節——如何封死窗口，如何在女人睡著後放入燒炭盆，如何……等等等等。

老太太邊說著邊不斷地偷覷那邊已哭成淚人的女孩——她的外孫女。老太太死命地捶打自己，圓圓的臉此刻已經哭

成了一個爛山芋。

　　事件很快結案。

　　一直悲憤難抑的女人的丈夫聽了老太太的交代，知道了妻子的過往，也猜出了妻子的心思。

　　臨離開這傷心地之前，女人的丈夫把牛皮紙袋交給了警方，希望警方轉交給鋃鐺入獄的老太太和男人。他要代妻子完成她的心願。

　　臨別，那滿眼淚光的小學同學仍然告訴那女兒：她長得跟她媽媽真像。尤其是苦痛的表情，和她媽媽的小時候太像了！

◎
慌
張

重要的人

快十點了，還不見王伯人影。他的辦公桌上堆得像小山似的：需寄出的信件、待入數的支票、要接洽的快遞等等。

這是復活節長假後的第一天上班，積累的事情很多。走過王伯桌子的同事都在心裏嘀咕，奇怪了，這世上人人都可能遲到、請假，王伯卻不可能啊。日復一日，無論是黃雨、紅雨、黑雨，還是多少號的風球，只要是上班的日子，有人見過王伯遲來或不來的嗎？沒有。有一次王伯在家裏感冒發燒到了三十九度，走路都彎彎斜斜的，也還是先來公司，把事情交代給同事才去看病。

大家都明白，王伯的個人情況決定了他不會怠慢這份工。

王伯是個寡佬，幾年前太太病故，沒有子女。王伯七十

多歲了還在做事。年青時的王伯是個的士司機，通街兜生意。那時候老闆起家不久，有一次去見客戶，搭的正是王伯的車。客戶的工廠設在一個填海不久的地段，路新人不熟，老闆又把地址記混了，車在那路段轉來轉去的老半天。王伯按下了咪表，不要車資。老闆由此看到了一個忠厚的人。

那以後，高高瘦瘦的王伯就來公司成了老闆的司機。從老闆的兒子太子爺呱呱落地，王伯去醫院接回來；到了太子爺的兒子呱呱落地，王伯又去接回來——王伯在公司做了幾十年，勤懇、老實、寡言。

老闆是個念舊的人，顧念王伯由精靈的青年做到木訥的阿伯。現在用車肯定不敢要他開了，但是幫手公司跑跑銀行，送送信件之類的行街還算可以，反正也出不了多少薪水。更主要的是，沒人忍心在王伯面前提退休之類的字眼，那時候他眼中的慌亂和失落，讓人不忍目睹。

王伯工作幾十年，卻因多病的太太，至今身無長物。他租住在深水埗的一個板間房裏，板與板間隔了七八戶人家，共用洗手間和廚房，又嘈又亂。公司的條件顯然好過家裏。後來太太過世了，王伯基本上就以公司為家，這兒那兒，這事那事，每天總是挨到天色黑茫茫的才回家。

復活節自然也不關王伯的事了。無數個復活節過去，王伯都只在香港轉悠。別人每年都會陽光滿面的這國那國、這山那海的度假回來，王伯的各種假期就在公司裏覓覓摸摸地過了。有同事問：王伯，點解唔揾朋友出去玩下嘅？王伯嘟嘟嚷嚷：人愈老，朋友愈少，錢愈難揾……問的人聽得稀裏糊塗，卻也懶得再問，本也沒想和老人家聊天，當他亂噏廿

四算數。

漸漸地，同事們都知道，太太在世時，王伯照顧太太，哪裏也不去；太太歿去，王伯最大型的活動不過於去深圳按摩按摩腰背。有時候一星期去一次，有時候一個月去一次。王伯有時候會腰腿痛。

因此，平時七嘴八舌、各有主張的同事們在這件事情上的見解卻空前一致：王伯這一世賣給公司了。

今日王伯空無人影的桌子，怎令大家不奇怪呢？

又過了半小時，還是不見王伯人影，業務部的人開始急了，放在王伯桌上的那些事情是不能耽誤的。香港放復活節假，內地卻不放。公司有不少內地業務。經理丹尼就報告了上去。王伯人坐在業務部，人事卻不屬於業務部。王伯是給各部門打雜的，實際歸屬總經理辦公室。業務部是公司主要部門，人多事情多；辦公場地也像在一個中央廣場，其他部門大多會經過這裏或附在邊上。所以王伯被安排坐在這裏，只為任誰交事給他都方便。

丹尼的報告到了總經理辦公室，少頃便有秘書前來處理這件事。

派來的秘書是剛剛大學畢業入職的，替王伯執首尾，很覺沒勁。來到王伯桌前，看著桌上的一堆小山，臉帶慍色，坐也不願坐。懶懶取過王伯放在桌上的登記冊看，想著草草完事走人。看著看著，臉色卻好了些——王伯的登記冊整理得丁是丁，卯是卯，一目了然。他只需要在相應的格子裏做做記號就可以了。前後翻看了兩頁，倒是坐了下來登記。神清氣爽。

未幾，小山消失了，只壓在最底下的那封信，白色的封面上一個字也沒有。於是秘書拿著走過去問丹尼，這個是不是你們業務部的？忘了寫地址。丹尼一看，笑，接過來對大家喊，你哋邊個大頭蝦，地址唔寫就寄！秘書在邊上小聲補充，問問誰最早放信的，這是壓在最底下的一封。丹尼一聽卻有了狐疑，信沒封口，便抽出來看，見是一張 A4 傳真紙。細看，很訝異，說，王伯辭職了！

大家都停了下來，不可置信地看著丹尼。這怎麼可能呢？叫丹尼看仔細了。丹尼說，沒錯啊，下面有簽名，王伯自己簽的。我認得。面面相覷。又問，寫甚麼呢？丹尼說，抬頭都冇，僅僅幾個字：我次職了，不好意思。丹尼翻過背面又看看，確定說，就這幾個字。噉，幾個字還寫錯了，「辭職」寫成「次職」。

大家驚奇不已。也明白了，長假前，王伯就把辭職信放在了桌上，今早第一個放信的同事沒有留意，以為那也是待寄的，就把自己的放在上面，後面的同事又放在上面……

秘書和王伯不熟，只做壁上觀。見事情清楚了，便取過丹尼手裏的辭職信，說，我去交給總經理。又袋起桌上已分門別類的一堆堆，準備出去辦理。告辭走了。

業務部的同事心覺王伯可能發生了甚麼事，而且是大事，不然怎會弄到辭職這麼交關！但會是甚麼事呢？一時猜不透。身體不好？不像。他除了腰腿痛，甚少看病；人事部有意暗示他老？不會。人事部經理曾私下對人說，王伯雖然不年輕，但那攤子事情做得不錯，換個年輕人未必做得比他好；有人讒言？更不會。他那攤子事情對任何人都沒有威

脅，人又整天笑咪咪的，凡事都圈起手指，説 OK。

互相問，都懵。最後紛紛説，王伯也真是的，説不來就不來了，辭職信連個抬頭也沒有，又不按程序交。真是！當然，王伯文化水平不高，不懂辭職的規矩也可能，但是，他應該和大家告別一下呀，大家對他那麼好，那麼關心他。信上還寫甚麼不好意思——甚麼意思呢？

一個兩個便打王伯的手提電話，想問問王伯怎麼回事。手機卻一直處於關機狀態，更覺奇怪。

一天不到，全公司的人都知道王伯辭職了。王伯的雜事牽涉到各部門。都奇怪不已。

王伯的職務不能沒人，沒兩天，公司就請來了新同事頂替王伯。新同事是個五十來歲的男人，衣著光鮮，笑容滿面，看起來比王伯瀟灑多了。人來第一天，就隨手拎著蛋撻和奶茶，見者有份。聲聲説，多多包涵，多多指教。歡迎聲之際，有人和他淺聊幾句。告之，孩子都成人了，換份工，打打雜，圖個省腦……有客套，有實際，見過世面的樣子。全無王伯那種凡事都點頭的唯諾腔。

大家有新鮮感，知道這是個和王伯完全不同的同事，也還以禮數，周全待之。

新同事整理桌子，卻喊，這些東西是誰的呢？

王伯走後，公司忙著請人，卻忘了叫人整理王伯的桌子。東尼也不好自説自話去清理或使用那桌子。

東尼聞言走了過去。見左邊一格格的抽屜，空無一物，乾乾淨淨。顯著王伯的離開是早有準備的。清理雜碎，不是一日兩日的事情。有東西的是右邊的櫃桶。只見裏面放得滿

滿當當的，一疊疊、一袋袋，堆得很整齊。半身高的櫃桶裏一點空隙都沒有。東尼抽出一樣來，燈光下看，一愣，是件毛衣，眼熟。

果然那邊有個女同事吃驚地喊，呀，那不是我送給王伯的嗎？怎麼在這裏？再抽一樣出來。是對大頭皮靴。又有男聲吃驚地喊，咦，那是我給他的呀！早幾年的事了，怎麼……

「咦咦呀呀」中，一樣樣地都拿出來放在桌上，衣服、鞋子、頸巾、補品……各式各樣，新新舊舊。都是同事送的。

大家也已三三兩兩走了過來，驚奇地看。發現當初送給王伯的東西大部分都在。送出去是甚麼樣，基本還是甚麼樣。這才想起來，那時送給王伯的衣服和鞋，見他穿過一兩次，沒怎麼見他再穿。以為關心王伯的人太多，穿不過來。原來都原樣放好了。補品當然都過期了。

都找出自己送的物事。一個說，這衣服他那時穿著，個個都話「靚仔」，怎麼不要了呢？又一說，這鞋他穿著很神氣的呀！人人都讚他似年輕人，也不帶走？又一說，這頸巾很暖和的，入冬了就有用的呀！……

一個個嘆，其實都是貴價貨，王伯怎麼捨得不要的呢？難道他中了六合彩？

當然，都知道這是不可能的。依王伯的脾性，中了六合彩，肯定會滿公司請客。有一年，王伯中了四百大元，高興得甚麼似的，立刻請大家吃下午茶，結果自己還倒貼了一百元。

有人看看手裏的東西，想到比較實際的問題，說，辭職喔，他怎麼生活？

　　有人比較懂市道，說，咁你無需擔心，他都七十歲了吧，可以攞老人津貼。加上這幾年，節節儉儉，應該有點積蓄。

　　有人意見不同，說，這些都不是關鍵。最緊要他是孤身寡佬，以後誰關心他呢？以前在公司，是我們在關心他嘛，看看，我們送他這麼多東西！

　　這話對，大家都點頭。公司員工大多二三十歲，年長的也不過五六十歲，只王伯一個「耆英」。所以大家都對他特別關心，是吧？真不知道王伯是怎麼想的！

　　新同事果然是個「圖省腦」的人，懶理閒事。大家說話，他看報紙。見人說個不停，走過來，坐一邊登記當日的事情，然後袋起，說，嗱，你們慢慢整理，我先出去做事。剛來，要周圍轉轉，熟悉熟悉環境。背上袋子悠悠地走了，滿街「熟悉環境」，至飯點歸。

　　會計部有個叫雪莉的，是唯一一個對王伯的辭職不置一詞的人。聽說王伯辭職，她日常的微笑凝結了一下，少頃，輕輕嘆了口氣，繼續做事。

　　王伯平時沉默寡言，和雪莉卻很有幾句。雪莉是個基督教徒，星期天就去做禮拜。同事見兩人常在一起嘰嘰咕咕，雞啄不斷。見狀，同事都會急急腳走開。估計兩人在講耶穌，怕被叫住一起聽。嫌悶。

　　一日，雪莉來業務部送單據，百思不得其解的同事便拉

她坐下，問她知不知道王伯為甚麼要辭職。雪莉說，你們天天和他在一起的不知道，反而我知道？

同事紛說真是不知喔，說王伯好像被鬼附了身。

雪莉正色。少頃，嘆了口氣說，其實，他想辭工很久了，不過，一直不好意思講出來。

大家驚叫，還不好意思？他辭職信也寫「不好意思」，到底甚麼意思呢？

這和大家以往的認知相差太遠了。難道王伯不感恩這份工？不感恩大家對他的好？更追著雪莉問。

雪莉微笑，卻笑得有點無奈。

辦公室的一角靜靜坐著兩個藍色大膠袋，放著王伯沒帶走的東西。準備送去救世軍捐獻站。

雪莉看看那邊說，那是王伯留下的吧？

大家說是啊。

雪莉說，裏面有不少你們織的毛冷吧？

有幾個點頭，說，是啊是啊。

雪莉說，你們為甚麼送這些給他呢？

那幾個有點發愣，這還用問？說，手工活，好貨呀，王伯單身寡佬最用得著！

雪莉輕笑，說，織這麼多做甚麼呢？

織的幾個就笑，說，這還需要講？你明白的啦！

雪莉當然明白。公司的女人們——年青的或是年老的，海歸的還是本土的，高職低職，都有個廣東阿嬤傳下來的愛情表達式：親手織個毛衣或者頸巾甚麼的，送給老公或者男朋友，表達自己的柔情，是愛情某階段的一個信物。當然，

也不動聲色地給老公或者男朋友打上個標記：名草有主。可謂一舉兩得。

於是，會織不會織的女人們都在學織，午休時間常在公司裏切磋技藝，交流作品。公司有個秘書自小在英國長大，哪裏會這些？交了男朋友，也織。一千元買了斤毛冷，織了拆，拆了織，一會漏針一會錯針，一斤織成了半斤，冬去夏來，好不容易織出條頸巾，質量卻差過街邊幾十元的貨色。

只是，這個令女人們醉心的愛情表達法，陶醉的是自己，男人們卻不受用。公司的男人見了女人們的織物，便笑，告訴她們，買來的又好看又便宜，這些穿不出街。說他們都收過這類織物，他們都「興高采烈」地收下，在自己的女人面前用過一兩次，接著就「踢波時不見了」，「健身時不見了」，其實就是塞在公司的辦公桌裏不見光了。當然也在負隅頑抗，不想戴上個「名草有主」的標記四周走。

公司的女人們聽了，笑笑。她們大抵也知道男人們的這種心思，但是她們堅定地認為織不織是女人的事，是心意；用不用是男人的事，知道心意就行。而且，女人們私下裏都認為，自己的男人是個例外。所以，女人們照織不誤。練兵的、學藝的，前赴後繼，毛衣頸巾手套……價格昂貴，質量別細看。各種試制品。扔了沒勁，留著沒用。就有人想到了王伯。老人家有乜所謂？有些洋行賣出來的貨版比這還差呢！給王伯，他一定喜歡！

雪莉說，王伯本來也高興，有人關心總是好的。穿住這些毛冷到處走。只王伯知道這些毛冷有多少錯漏，窿窿結結。他人遠看，看不出。王伯身板高，走路精神。就有人

讚，手藝不錯哦！還有人讚，關心老人家不錯哦！ ——你們大概沒想到這個意外收穫吧？聽到後，比王伯還開心！於是個個希望王伯穿自己的，爭住送給他……其實，王伯穿得了多少呢？而且說真的，王伯不太喜歡穿毛衣，他喜歡穿衛衣。衛衣輕便，又不癢鼻。

織的那幾個聽了，先是吃驚，後卻訕訕。說完全不知道王伯不太喜歡這些毛衣，那是假的。但這種化廢為寶、還賺名聲的事，誰願意停下來呢？雪莉卻一刀破開了來說，讓人覺得像殺了個雞，忽見裏面有一坨屎似的。有點難堪。

有掙扎的，想辯解幾句，但說不出口。也砌不出個圓圓說法。主要還是沒人肯出面駁雪莉。雪莉是誰？在王伯那裏可能只是個基督徒；在同事眼裏，含義就廣泛了。雪莉在公司裏很有人緣。她是會計部的業務尖子，上下尊重，說話有人聽；為人處世也端正和善。無論有誰找她辦事，或公或私，她都設法幫人。誰沒個冷暖寒暑之時？誰都想給自己留下後路。

於是，織的那幾個靜了，一時無話。

○ 重要的人

那邊有人說，早就告訴你們王伯不喜歡這些毛冷的啦！嗱，我給王伯的就是買來的——不過，他為甚麼也留下了呢？

又有幾個附和，說，就是啊，我的還是名牌呢。

雪莉笑笑說，真是要我講啊，嗱，講好了不能不高興的啊？

那幾個見雪莉這樣開篇，知道後話肯定不好，但一下子也縮不回去。又想，反正有人掉面子在先，再掉怕甚麼呢？

主要還是解疑心切。就硬撐著說，不會不高興，真的想搞明白發生甚麼事了。

大家點頭。

雪莉説，是買來的。但……嗥，我不提人，就物講物。比如有件新恤衫，那誰是從日本買回來的是吧？名牌。本來是送你阿爸的生日禮物，但是阿爸不喜歡，返日本退貨也難，就送給了王伯。不過阿爸肥，王伯瘦，大家見過王伯穿的啦，肩膀到了手肘處。他不好意思説不要，就收下了；還有那些花花綠綠的運動衫、領帶。你們有人剛買來就不喜歡了，也送給王伯。那些衣服，年輕人穿著型仔，老年人穿著卻像小丑，是吧？王伯不想掃你們的興，也收下了；還有那幾對鞋，厚底的、大頭的，你們自己知道買錯了，走路累，也送給了王伯。他一個老人家，日日行街做事，應該穿輕便鞋是吧？他也不好意思拂人意，也收下了。還有那些補品，都是熱性的，知不知道王伯的體質是寒性的呀——

雪莉一口氣説完，停了下來，現出疲累的樣子，説，或許你們也是好心，但其實王伯收了這麼多東西，覺得好累，他不需的呀，同時，又覺得自己欠了人情——奇怪，你們一直看不出的嗎？

那幾個早已訕訕。是啊，怎麼看不出的呢？一直還以為王伯求之不得呢！一直以為，有人送，王伯才有機會穿名牌。所以名牌就算有少少問題，王伯一定會克服的。王伯一定會喜歡穿，一定會在重要場合穿。而且説穿了，送給王伯是最合適的。一送一接間，其他同事都能看到，同事都識貨，都會嘖嘖不已。豈不是好過那些明明暗暗的攀比！

沒想到王伯不收貨。

心裏不伏貼。由得意到訕訕，既明又不明。明白了王伯不要這些名牌貨的原因，卻也不明白王伯為何不能為名牌忍受不適。不過臉上也不願顯露。雪莉的話，原是自己討來的。說的也不假。也靜了。

說的功夫，房裏已積起了一些人。其他部門走過的、來辦事的，見說王伯，也駐腳聽。

其中有茶水間的阿嬋，在旁已經嘿嘿笑了幾次。見有說話空隙，忙插嘴，就是嘛，你們讀書多，做事情就不太實際。衣服能穿多少？飲飲食食才實際的嘛！嗱，我就煲湯來俾王伯飲，補身體嘛！當然帶湯水不容易，不小心就搞得手袋污糟邋遢。不過，為老人家我願意喫，還整南瓜餅、馬拉糕、雞翼⋯⋯

阿嬋沒說完，卻見一個個陰陰嘴笑。一個說，知道知道，你做善事嘛！又一個說，你是王伯的上司嘛，關心他是應該的。

阿嬋聽出這些人話裏有話，認為這些人剛剛受挫，所以陰陽怪氣。繼續說，我不過講事實，關心老人家要——

終有直腸直肚的，不肯聽，打斷了她。說，得了得了，誰不知道啊，你一壺湯水講通街，會議室，老闆房，成間公司都知道你在做善事！王伯飲著，有甚麼味道？另一個說，就是嘛，借一壺湯水，又關心，又呼喝，搞得好像你比王伯高一級，好過癮唻？其實後勤就你們兩個，哪有高低之分呢？

阿嬋沒想到惹來這麼一堆話，始知自己做的和別人看的

竟是兩碼事。赤著臉，竟一時愣住了。其實，她的熱心是真的。尤其看到王伯的日子比她還艱難，她同情他，卻也幾乎是高興的。王伯填補了她心裏的不平衡，並由此感覺自己高等些了。所以她大聲說著關心他的話，高調給他她做的食物。說真的，她做那些事容易嗎？那些湯啊、雞翼甚麼送出來，原是她不捨的。她一個月才多少收入？而且，她能不高調嗎？老闆年底發個紅包，參考的標準也是「各部門的評價」。她當然要到處說了！這些人有甚麼看不慣的？這些人不敢駁雪莉，卻駁她，他們看她始終低一點。

想著，心裏不快，嘴裏各種惡毒的話要衝出來，但她咬住了嘴唇。這些人要炒她是容易的，只要到老闆那裏多告幾次狀。稍頓，想出話來，軟中帶硬，說，講甚麼呢？大家都在探討原因之嘛，講甚麼善事不善事呢？彼此彼此啦！揮了揮抹布，說，忙緊喔！走了。

丹尼是個聰明人。見同事因解惑而一個個淪陷，他在一旁嘿嘿地笑，隻字不語。怕的就是引火燒身。

公司再合意，總有辦公室政治。明裏暗裏，雲裏霧裏，在同事間閃閃爍爍，甚或白熱化。丹尼是公司主要部門的經理，對內，他要擺平或通融各個同事關係，保持自己的絕對權威，令業務順利進行；對外，他要擺平或通融其他部門的關係，令他的部門順水行舟，業績凸顯。這些也都為了四十歲前的那個終極目標——集團副總經理的位子。位子只有一個，追這目標的部門經理卻有好多個。丹尼知道，除了工作努力，手段也是必需的。手段卻常常是噁心的。自己和別人都噁心。而人的心房裏真是長了顆心的，要了手段，它會叫

你不舒服。於是，丹尼需要修補自己的形象。告訴別人也告訴自己，自己其實是個好人，一切的作為只為生存而已。

年老低微的王伯，卻無意中幫了他。

丹尼常常帶王伯一起去飲茶。同事之間飲茶一般是 AA 制。但是有丹尼在，不管是兩個人還是多少人，丹尼總是幫王伯那份給了。王伯不肯，丹尼不理，只輕輕摁住王伯掏錢包的手，悄悄說，別動，我人工比你高多了。王伯拗不過他，只好放棄了。一次，兩次，次次如此。丹尼從不張揚。但其實丹尼深知，人都長著眼睛。愈不張揚，愈顯張揚，愈入人心。果然，久而久之，丹尼的和善扶弱，不僅公司裏有口皆碑，丹尼自己也感覺很舒服。加上他積極努力的業績，如今，他離副總經理的位置比其他人顯然近多了。

見大家聊來聊去半天，才明白了些。丹尼其實早就明白了，雪莉開篇沒多久他就明白了。明白了，才一直沒開口。但他一個部門經理，加之和王伯的特殊關係，一直不說話，也是此地無銀三百兩。公司有不少聰明人。丹尼於是說，之前我們還真是懵懵懂懂的，現在算明白了。好了好了，過去的事，已是無奈，以後我們識做了。他說「我們」，一句話就令自己和大家站在了一起，共同收場。

大家也覺得大體明白了，再說下去，也是這麼回事。於是點點頭，準備各自散開。

有段時間沒說話、顯著疲累的雪莉卻開口說，其實，最自責的是我。

大家不解地望著她。

雪莉又說，記不記得王伯後來常去深圳麼？

大家當然記得。前一兩年吧，王伯不知道在哪兒聽說深圳有按摩的，對治療腰腿痛很有效。王伯開始去深圳按摩，還來變得頻密起來，再後來基本上每個週末都去。有時還住上一兩天。一段時間後，精神氣顯然好多了，走路也現著昂揚狀。同事們看著，覺得按摩還真管用。公司裏人人對住電腦，人人覺得頸椎痛。便紛紛向王伯要深圳按摩師傅的電話。

有人按圖索驥真的去了，去了的人回來卻紛紛笑王伯，說那按摩師傅原來是個女人。四五十歲，挺溫和的。手勢還真可以。

王伯聽了咪咪笑，連說手勢不錯的、不錯的。又說他的腰腿痛就是那女師傅治好的，說那女師傅的手勢如何到位、如何柔和，說那女師傅有多少年的按摩經驗，說那女師傅哪一年來的深圳……少有的話多。從這些話裏，能聽出他和女師傅常常聊天。後來，王伯的腰腿痛似乎沒甚麼問題了，他仍常常去深圳，常常說起那個女師傅。

這種情況，換了別人，早就被人說出一堆玩笑來了。但是王伯的話沒引起甚麼浪花。雖然大家聽出來他的話裏似乎有點甚麼，但大家認為不會發生甚麼。不是嗎？王伯人又老，錢又無，說這種笑話沒勁。

而且，同事向王伯要女師傅的電話，也只是討一枝去深圳的盲公竹。大家並不需要王伯的經驗，各人的身體狀況是不同的。果然，不久就有人聽說了更好的師傅，不再去找那女師傅。那女按摩師便給人很快忘了。

雖然王伯一再顯出很想說女師傅的樣子，但不能引起別

人的談興。大家關心王伯，喜歡對他施善，卻不喜歡和他聊天。和老人家聊天很覺悶氣。

王伯的說話興致，很快就沒有了。

王伯又變得沒甚麼聲音的了。

……

雪莉說，你們都看到他常常和我說話，其實，不管我說甚麼，很快話題就被他轉去深圳女師傅那裏。最初我覺得他在家裏面對四堵牆，沒人說話，就聽他說；後來聽多了，我也懶聽，他說兩句，我就說要忙呢。漸漸的，他也就不太說了。唉！

雪莉嘆了口氣。

大家多多少少都有點自責，但這情緒較淡，畢竟沒真的做錯了甚麼，只是幫的不是別人所需。而且王伯不是甚麼重要的人，不關乎人事關係、業績飯碗事；也不關乎喜怒哀樂話題；新同事已經來了，也不耽誤工作。事情大致明白，雪莉走了，大家也做鳥獸散。不日，藍色大膠袋也送去了救世軍。公司裏沒有了王伯的痕跡。

日子照常過，日復一日。幾個月後，一個兩個的同事們卻覺得日常工作中少了些甚麼。說不清，道不明，就是覺得人不爽利，不舒展。那邊新同事，業務乾淨利落，卻沒法像王伯似的靠近。他和大家精神等高，甚至還高些——自由自在，不在乎這飯碗。未幾，又有人提起了王伯在公司的時候。

阿林的尷尬情事

一

　　記得是參加朋友慶賀喬遷新居的派對，朋友間認識不認識的，揸車搭車，約好了往新界去。朋友兩公婆在新界買了個三層樓的獨立屋，裝修快一年了，初次見人。

　　下了車，只見眼前人喧馬鬧，燈火通明。獨立屋帶個小花園，一串串的裝飾燈，把三層樓和小花園聯成了一片。二三十人，樓上樓下，屋裏屋外，竄進竄出。一片讚嘆聲。

　　兩公婆中的老婆麗莎是我在學瑜伽時認識的。每次做完瑜伽去焗桑拿，渾渾噩噩著，她就有一沓沒一沓地給我講她的新屋，我也就有一沓沒一沓地聽著，今天終於看到

了實景。

派對中的人，我幾乎不認識，樓上樓下看完，便沒甚麼要做的，於是在外面花園坐著，伺機告辭。

卻見麗莎走了過來。

點睇？好唔好呢？她望著那三層樓問我。她把市區的樓賣了，買來這裏，是經過幾乎痛苦的考慮的。

很好。我真心說。麗莎兩公婆是保險經紀，時間自由，唯一不好的交通不便，對他們來說不是問題。

正說著，突然，麗莎把頭靠近我，壓低聲音說，看到那個男仔沒？喏，戴眼鏡那個。

我順著她的視線看過去——屋內，一個四十歲上下的男人，中等身材，壯實，黑膠框眼鏡，專業人士的樣子。他握著紅酒杯，這裏站一下，那裏站一下；這兒點個頭，那兒點個頭。顯然他認識很多人，卻沒有意思和誰聊天。

怎麼了？我問。

過一陣，他肯定來這兒！

為甚麼？

麗莎詭秘地笑，聲音更低，語速也加快了，告訴我，那男仔叫阿林，是她老公的中學同學，軟件工程師。說阿林是各種派對的常客，卻總是在趕場子。阿林如果見那派對中都是熟面孔，他通常打個招呼、露個臉就走了；只有見到了新面孔——當然指女仔——阿林才會留下來。

我也笑了說，他想找女朋友吧？那他今天要失望了。

麗莎說，不失望。你不同。

我奇怪，問，為甚麼？

因為你是上海人！

上海人怎麼啦？麗莎「噗哧」一聲笑出來，看看那邊遊走的阿林，更靠近我些，說，阿林唸小學的時候，他媽媽有個好朋友，叫莉莉姨。莉莉姨是上海人，莉莉姨常去他家玩。去多了，熟人找莉莉姨的電話也打去了阿林家。

有一次，莉莉姨接聽電話，小學生阿林正在一邊小桌上做功課。

只見莉莉姨一隻手拿著電話，一隻手捲著自己胸前的髮尾，淺淺笑，輕輕說，「儂壞」「儂壞唻」……一聲又一聲。明明在惱人，聲音卻甜糯得呀！把小學生聽暈了。

我知道香港人一向把江浙一帶的人統稱為「上海人」。不過這次倒真是地理中的上海人。只管聽。

小學生告訴母親，母親笑說，傻仔，莉莉姨在拍拖！

小學生「噢」了一聲走開了。那一聲聲的「儂壞」卻像春雨灑進了少年的心田，澆灌著不為人知的種子。及至小學生唸初中了，莉莉姨見到他，仍會隨手撸撸他的腦袋，說，乖哦，阿林。卻不知，那一刻少年的心狂跳得要奔出口腔了！

麗莎說到這裏，幾乎笑岔了氣。我也噴笑，說，去，真會編故事！

卻也不由又看阿林。他還在那邊遊走，一會兒隱進人堆，一會兒現出來。想想又笑。

麗莎喘定了，說，真的呀！他自己講給我老公聽的，他們兩人是死黨喔！

可是，關我甚麼事呢？我還是不解。

哎，你不知道的啦！麗莎又埋近我耳旁，聲音更急、更輕、更想笑，説，阿林有兩次差點結婚的拍拖，就是同你們上海女仔呀！個個以為阿林終於搞掂，結果卻衰咗！連衰兩次呀，我老公説他到現在心口還梗著梗著——

正説著，那個阿林已走出屋子，來到花園裏。

麗莎忽然把聲線提高了對我説，你幾時返上海啊？

我知道她的意思，因為好奇，也閒著沒事，就忍住笑説，沒定呢！

麗莎沒説錯，她的話音剛落，那個阿林定睛往我們這兒看看，立刻走了過來。他看看麗莎，又看看我，然後説，沒見過喔，上海人啊？

我説，是啊。握了手。阿林的眼光在我的婚戒上滑過去，頓了一下説，我坐這裏，不阻你吧？我説，不阻，坐，坐。

我留意到，阿林説的是普通話。「不阻」是粵語，他只是用了普通話發音。我説，你的普通話不錯喔。他稍稍臉紅，説，特登去學堂學過。

看來他的上海拍拖是真的，還用了功夫。

麗莎已從哪裏搬來一張凳子，假模假樣説，坐、坐，你哋坐低慢慢傾。背對阿林對我擠了擠眼，這才笑著招呼別人去了。

阿林在我對面坐下，有點臉紅。説，你們笑我吧？麗莎成日鍾意笑我㗎。

我忙説沒有。卻也心虛有點八卦，岔開話題，隨口問阿林是哪裏人。

阿林回我是新會人，並就著這話題說了下去。說他太爺爺輩就遷居來了香港，說香港很多新會人，說新會盛產陳皮，說劉德華也是新會人⋯⋯

我立刻看出來，這個熟男是個靦腆的人。他顯然不知道怎麼展開他的話題，只好在「新會」這個字眼裏打轉。令意思一截一截的。麗莎沒說錯，阿林想和我聊上海女仔。他有幾次已經把話題帶去上海了，甚至還扯上了女仔，卻不能繼續。說著，木訥了，眼睛在鏡片後一眨一眨的，話頭便遺失了。再去撿，再遺失。

他在那兒掙扎，我卻不敢幫他，怕他聽出我已知他一二。

最後，他終於是繞過去了，扯住了話頭說，或者你同鄉了解同鄉。

這就成正經事了。我趕緊實話實說，那可未必了解的呀，有時候，我連自己都不了解——

他寬厚地笑笑，打斷我，明白、明白，你只當故事聽聽罷了。我好想同人傾傾，你是上海人，最少知道我在講甚麼。

我也就坐定了。

二

阿林四十年的人生之路和香港很多人走得差不多：唸完中學，去外國唸大學，再返回香港搵錢、搵人生。

阿林説，這些年他很想結婚，他形容自己是那種兜裏揣著寡佬証，只望遇到一個好女孩，一起講「我願意」的類型。

我想起麗莎説的他來派對一瞄的態度，差點想笑，好不容易憋住了。

阿林想結婚的念頭來得簡單而突然。有一天他去 happy hour 劈酒，突然發現對手沒有了——朋友們不知不覺都成家了。最初，他笑別人老襯，自己獨自去劈。一天，兩天，覺出沉悶來。吧枱邊，全是下巴青青、唇紅齒白的年青人。阿林的臉夾在中間，自己也覺出了不搭調。覺出應該成家了。

結婚卻不同喝酒，結婚要有個女人才能成事。

最初，阿林在同事、同學中追求過兩三個女孩，很快都以失敗告終。阿林歸納説，香港女仔太強勢，喜歡男仔似觀音兵跟著，隨叫隨到，日日圍住裙仔轉。他説自己做不來，只好認輸退出。

我注意到，阿林説著失敗，卻沒有失敗的傷感。就事説事，漫漫泛泛。覺出來，阿林真正想説的不是這一段，這只是個引子。

果然，再説下去，阿林的語氣變了，情緒湧動起來。

喝了一口咖啡，阿林説，先講個小時候的故事給你聽啊。他説了，卻説得跳跳脱脱的，羞於出口的樣子。我先聽得愣愣的，但很快明白了，這就是那個莉莉姨的故事！梗概和麗莎説得差不多，只是麗莎嬉笑的成分多了些。

我心笑，個個都知道，還怕醜？聽下去也懂了，這個故事是後面故事的基石，他不得不告訴我。

果然，從少年到中年，那一聲聲甜糯的「儂壞」，在阿

林心裏生根發芽，成長為柔順、嬌媚的女子象徵。失敗後的阿林，耳邊那一聲聲的「儂壞」就叫不停了，遠近輕重地呼喚他。熟男由此知道了前行的方向。

阿林改變了他的拍拖目標，決定目光放遠，找個上海的女孩。

阿林補充說，上海曾經是十里洋場，和香港一樣，也是國際化大都市，文化修養、習俗觀念都接近；還有西湖，曾有動人的梁山伯和祝英台故事；還有虎丘塔，被人稱為東方的比薩斜塔等等。

我聽著，沒給他解釋這些事物在不同省份，反正我們不是在講地理。

我倒是暗自吃驚他能知道這麼多。顯然，阿林對「上海」真是用了心的。

阿林由此認為，上海女仔在見世面這方面拍得住香港女仔，而上海女仔始終在內地長大，所以會樸實點，隨和點，甜糯點……總之，上海女仔不會叫男仔做「觀音兵」。

聽到這裏，我開始為阿林擔心。

三

有一天，阿林在一個派對上看到了一個女仔，阿林說，很合眼緣。他說「眼緣」兩字時，眼睛閃出些光來。顯然，那不僅僅是好看，還是他心喜的那種。

女孩叫萍萍，蘇州人，持雙程證來香港探親。隨朋友來

派對玩，給阿林瞄到了。一交談，那女孩卻完全不懂粵語。不要緊，那是個上海人！（請讀者和我一樣記得阿林寬泛的上海概念。）

那時候，阿林還沒到學堂去學普通話，他的普通話說得可以嚇煞旁人。但他磕磕碰碰地堅持說，堅持和女孩搭訕。一個派對下來，女孩已經把電話給了阿林。

萍萍比阿林年少一圈，同屬雞，能歌善舞，活潑熱情。尤那帶著吳儂軟語味的普通話，更叫阿林喜不自勝（就我知道，蘇州女孩的嬌柔，是莉莉姨也不及的）。萍萍和阿林在語言上雖是雞同鴨講，但成天在卡拉OK沒有問題，吃飯看電影也沒有問題，阿林覺得很開心。阿林自己木訥、拙舌，卻喜歡女朋友的熱鬧和伶俐。

萍萍不似阿林在國外讀至碩士才回香港，萍萍只是個初中生。但她卻甚麼也懂點。說起紅酒，她能很清楚地說出干邑、半干邑的分別；說起音樂，她能把世界名曲說出一大溜，還能演繹很多英文歌曲。吐字、音色完全可以在各種派對上露臉；她的穿著打扮更不失禮，款色顏色，讓人怎麼看怎麼舒服。

阿林陶醉於自己的選擇，感恩那一聲聲的「儂壞」對自己的啟示。他以萍萍自豪，去哪兒都帶著她。各種派對、各方各處的朋友同學聚會。阿林告訴別人那是他的女朋友。上海的，阿林還會強調。

在萍萍三個月的探親假裏，兩人的感情迅猛發展。

有一天，在赤柱的一個餐廳吃過晚飯，兩人在海邊坐著，肩挨著肩閒聊。

月色朦朧，波光粼粼。萍萍望著海，熱鬧的人變得很靜。她往遠處輕輕扔著小石子，沒目標，有一下沒一下。間歇裏説，聽説你們香港結婚要先出甚麼寡佬證……真有意思，怕人作假啊？ ……我們蘇州可沒這種事。

　　阿林聽著，剛想解釋，卻一個激靈，手裏的一把沙忽然撒了，忽然心花怒放：這就是上海女仔，單刀直入！這句話有多大的信息量呢？太大了！阿林迅疾解讀出來：

　　——萍萍在測試他。他喜不喜歡她？有沒有結婚的打算？

　　——萍萍喜歡他。暗示他要勇往直前，往最終目標去！

　　當然，如果阿林的答案不是萍萍期望的，比如阿林沒準備好，態度猶疑等等，萍萍的話也不會叫她自己尷尬。這樣的環境，這樣的話題，完全可以看作在聊天。聊聊香港瑣事，聊聊香港和上海的不同。

　　上海女仔啊，又一次讓阿林覺得處事不俗。會説話，太會説話了！

　　阿林的手在褲子上啪啪兩下抹乾淨，轉過身子，一把捉住萍萍的雙肩，動情地説，不如我去開個寡佬證唻，好不好？

　　阿林熱切地看著萍萍。當然，如果萍萍 Say No，他也不必尷尬，只當自己操之過急會錯意；但如果萍萍 Say Yes，那就是求婚成功了！

　　結果，萍萍一反平時嘻嘻哈哈的樣子，倒在阿林的懷裏，柔軟得像一條海裏的水草。既沒説「Yes」，也沒説「No」。

阿林卻已經知道答案了。

這晚，阿林送萍萍回家，第一次被允許進了屋，第一次被允許呆到天光。

早上趕去上班的路上，阿林揸著車，忽然覺得一切都那麼美好：天特別藍特別亮，路特別直特別寬，搶道搶線的也不知去哪了。阿林心想，以前竟浪費那麼多時間在酒吧裏混，真是懵到上心口！拍拖真好，有女人真好。阿林把個車揸得要飛起來了。

在萍萍探親假結束前，阿林帶她見了自己的父母。阿林的父母是那種普通的中產家庭的家長，對兒子的戀情不置可否。只說，你們覺得開心就好。然後按禮數，請萍萍來，一家人去酒樓吃了餐飯。等萍萍走後，阿林的母親問阿林，好似你開心多過佢喔！阿林情緒高漲，正雲裏霧裏，沒細想，答，女仔矜持啲嘅。

這後面，阿林送萍萍回蘇州，又去蘇州見了萍萍的父母。

萍萍的父母也是普通的江南人家的家長，溫和，講禮貌。見兩人一動一靜，覺得也蠻登對。阿林的年齡雖然比萍萍大一輪，但看著不顯老，人斯文，工作也不錯。沒說甚麼，這事就通過了。

兩人開始了雙城拍拖。長途電話，伊妹兒，微信，來來去去。這邊阿林開始做寡佬證、四處看房等各種結婚的準備。

不知從哪日哪時起，萍萍開始不太接聽電話了，手機老

關機。微信也多是有去無回。阿林便改打她家裏的電話，卻也總是找不到她。她父母接到電話，似乎怪不好意思。電話那頭總是説：「勿好意思……她出去了……她出去了……勿好意思。」

阿林感覺不太對，正要飛去蘇州，萍萍卻主動來了電話。只頓了一下，就告訴阿林，她已經另外交了男朋友，美國人，準備結婚了。

阿林手裏的電話差點沒掉下地，這一切距他從蘇州回來才半年。阿林忙説，他也在做結婚準備，他已經辦好了寡佬證！

萍萍淡定地説她知道。説她也知道阿林是好人，但其實她不怎麼喜歡香港。香港和蘇州一樣，人多得要命，到處嘈嘈雜雜，擠擠挨挨，而且……萍萍的聲音帶了些不屑，現在看起來，香港的發展也不怎麼的，愈來愈慢，想像不出將來會是甚麼樣子。她那時候答應阿林，純屬沒有考慮清楚。她要出國。

阿林拿著電話愣在那兒，不知道説甚麼好。他沒想到他的愛情和香港的發展有甚麼關係。還一直自視很高地以為，他一個專業人士，月入數萬，娶一個中學文化的上海太太應該沒有問題。

阿林説，當時他愣了一會，倒是想起一件事來。他和萍萍交往時間太短，還沒來得及告訴萍萍，他其實持有兩個國家的身分證明：加拿大和香港的。早年他就隨父母入了加拿大籍，他們一家是回流香港的。持有兩國身分在香港很普遍，所以他一直沒當事情説。聽到萍萍説要出國，他才想起

來。可是，自尊心卻又令他不願説了。

阿林説，你識得講我好，即是鍾意我㗎。

輪到萍萍那頭沒聲音了。少頃，萍萍破釜沉舟的語氣，説，你大我十二歲，講甚麼鍾意不鍾意！

阿林徹底敗下陣來。一聲不吭收了線。

後來，阿林在朋友那兒知道，萍萍的美國人比萍萍大了二十歲！阿林灰心得無法形容。

說完這個故事，阿林頹喪地呆了一會，問我，上海女仔很喜歡出國嗎？

這下子輪到我不懂答了，是和否都不準確。愛情於時勢、地域本沒有相關性，卻因為它們都具可變性，而變得緊密相關。我覺出，他們都帶了太多私利進入這段關係。

我説，其實你認為你們真的很愛對方嗎？

阿林愣了一會，説，説也是⋯⋯好像少了點甚麼。細想想⋯⋯就算成功了，遲早都驚⋯⋯會衰咗。

我認為是。但我沒説。這種問題如鞋和腳的關係，唯自己清楚。有的撐開了鞋，變合適了；有的掙破了鞋，只好扔了。

阿林默默喝了一會咖啡，又説，他當時灰心得已經不想再找上海女仔了，覺得路太遠，溝通不易。

頓了頓卻説，兩年後，他又陷進去了。

四

　　又是一個甚麼派對，阿林入內看看，無甚興趣，於是打了一陣哈哈，準備走人。就在這時，不遠處傳來的人聲中，隱隱夾著個半鹹不淡的上海廣東話聲音。阿林本能地循聲望去，見一簇人群中有個沒見過的女仔。女仔戴了副細框眼鏡，形象不彈眼，阿林卻認定那是個上海女仔。這是萍萍經歷給他的辦人經驗。

　　阿林奇怪自己剛才怎麼沒看到她。本能地抬腳要過去，萍萍陰影卻及時冒出來，喝住了他。阿林悻悻然停住，心裏也罵自己忒沒記性，遂仍掉頭走人。

　　到了門口，找主人家告別，誰知開口說出的竟是：那女仔係邊個？嘴還往那邊努努。說完，自己也嚇了一跳，不懂怎麼會說出這種話。阿林有些臉紅，話已出口，也只好訕訕地扮隨意，邊掏車鑰匙邊還是往外走。

　　派對主人甚麼人？夠膽在自己家裏搞這麼大的派對，當然是眉精眼企、洞若觀火之輩。派對主人原是阿林的酒吧劈友，熟知阿林的一切故事。自從自己入城後，見城外阿林無腳雀仔亂舞，很是羨慕。只是羨慕之餘，也深知其中寂寞。他當然聽懂了阿林的話，也洞悉那話後面的意思。不過，他更想的是留住阿林。個個都像阿林那樣轉一圈就走，還成甚麼派對？

　　所以，阿林說完，派對主人旋即也作隨意狀，說，那個啊，傲骨嘍！

　　這麼有個性的描述，一句就把阿林說停了，忙問，怎

麼説？

　　派對主人三下五除二，去粗取精，去偽存真，幾句話，就勾勒出了這個上海女仔的大概情況，並且字字都對阿林有效。

　　女仔叫琳達，上海某合資公司派來香港總部培訓的。琳達聰明能幹，知書達禮，説得一口流利的英語。同公司的上司是個「鬼佬」，很喜歡琳達。琳達卻毫無所動。朋友間見過那「鬼佬」上司的，都説看起來不錯，形象、學養都不錯。但琳達堅持説她不喜歡甚麼外國人，只喜歡中國人——

　　派對主人還沒説完，阿林卻突然像被滾水烙了腳，叫了一聲，耶，有些東西忘記拿！抬腳就往屋裏奔去。

　　返得屋內，阿林直撲琳達所在的人堆。聽得那些人正在聊打羽毛球的事。阿林聽出來，他們每星期駁場子一起打，這會兒正在説著哪個場子好打、哪個場子不好打。琳達似乎是打得較好的那個，有人在讚她出手凌厲，很難勝她甚麼甚麼。

　　阿林不能夾硬擠到琳達身邊搭訕，太核突。只好在邊上扮成很有興趣的聽眾。

　　阿林立刻知道了自己剛才為何看走了眼。琳達不像萍萍，琳達在人群中不起眼。她不化妝，不時尚，説話聲音也輕。看琳達，要走近了，注意了，才會愈看愈好看。琳達的皮膚雪白細膩，鏡片後的眼睛，烏黑、淡定、很有神采。但是，琳達的眼神不迎人。阿林不斷看她，視線到了琳達那兒就斷了。琳達不接。阿林由是搭不上話。

　　阿林正犯愁，這伙人又説起下次的場子駁在哪兒。阿林

立刻醒目地説，我也去！

這本是結伴運動的事，一切消費ＡＡ制，多一個人少一個人沒關係。於是就有人告訴阿林那場波的資料。時間、地點、場子名稱等等。阿林認真聽著，一一死記。

有認識阿林的奇怪，説，咦，你打開網球，依家對羽毛球有興趣啦？阿林略覺尷尬，眨眨眼，情急生智，咕嚕出一句，甚麼都玩玩嘛。混了過去。

第一次見到琳達，雖然連眼線也沒對上，但阿林朦朧覺出，琳達會比萍萍更合適他。琳達自信有定力，不會此山望著那山高，更不會崇拜甚麼美國。如果抓得住這樣的女仔做老婆，或許可以成世相伴了。

第二次見著琳達，阿林的朦朧清晰起來。

那天，阿林孭著羽毛球用具，早早去了運動場。去得太早了，就自己在場子邊上試試球拍、熱熱身。阿林是個網球高手，其實早年的羽毛球也厲害，只是後來覺得網球更過癮，才放下了羽毛球。所以，今天阿林也有心在場子裏露一手，讓琳達注意到他。

正想著，遠遠看到琳達也來了，這一看不要緊，阿林眼睛直了：琳達穿了一套白色的運動裝。白色運動外套披著，下面白色運動短褲，白色短襪、波鞋，襯出她玉般光潔的雙腿筆直修長。

阿林看得暈佗佗的，心裏直呼好彩。那天，在朋友面前，走出來又返回去，實在很瘀。但不然就走寶了！

琳達走近了，阿林看清她和自己一樣，為了打波方便，摘了框架眼鏡，換成隱形的，整個人更顯得秀氣俐落。

輪到他們這班人落場了，阿林鉚足了勁，把他成世人最好的球技拿了出來。此刻的阿林，深深知道幸福就在自己手裏。

阿林把個羽毛球打得牽在他手上似的。長長短短，高高低低，把那天七嘴八舌的一群打得一個個敗下陣去。輪到琳達上場了，阿林緩了緩勁。他要把握得當。既讓琳達知道他的厲害，知道他其實不是他外表顯示的那樣木頭木腦；但也不要讓琳達敗得太快。他要讓琳達有時間看見他，看得清清楚楚。

阿林深知琳達這樣的女仔是需要被人戰勝的。你不打敗她，她不會理你。這是阿林四十來歲人生的全部愛情經驗。

琳達確實打得不錯，雖然阿林讓她，但讓得不動聲色，二十一球，琳達也算拼了好一陣子。雪白的羽毛球在兩人之間來來去去，劃出了一條條漂亮的白色弧線。

阿林早先怎麼也無法接上的視線，這會兒也隨著這漂亮的弧線時斷時續起來。

琳達在對面可能應付得很緊張，臉紅撲撲的，輕喘噓噓，看得阿林竟是視線也挪不開。他不斷鼓勵自己，繼續，繼續，不達目的，絕不罷休！

阿林到底給自己打出了些許幸福。一場球下來，琳達的視線已完全和阿林的連了起來，並且那條線愈來愈柔和，愈來愈可見。

阿林清晰地知道自己如何往目標去了。

半年後，琳達已是挽住阿林臂膀走路的可人兒了。

再半年後，琳達已答應帶阿林去上海見父母了。

……

　　所有的朋友都以為阿林這次要進城了。誰知後來竟是阿林自己在城門前停住，並緩緩帶上了身後的門。

　　阿林準備第二次愛情遠征，他父母的態度卻不如第一次爽快。他們對阿林一再捨近求遠去求愛，很不理解。可是阿林説，你們見了她就明白了。他的父母就只好見了，還真明白了，甚至覺得琳達是阿林愛情史上最好的一個女仔。

　　母親説，女仔甜甜的神態，倒有點像那時的莉莉。

　　阿林笑而不語。他的「儂好」故事，狐朋狗友人人皆知，你笑我，我笑你，個個有故事。加之莉莉姨結婚後嫁去英國（有説回了上海），總之沒人再見過她，這傳説便因無法證實而變得益發美妙。但是，這種事、這種感覺不會和父母説。吃喝拉撒都可以説，唯愛情無法和父母説。

　　父親較固執。也説不錯，但加了一句，美人雖好，卻……老婆還是粗使的好呀！

　　阿林還沒回答，母親反應卻很快，説，甚麼意思，説我是給你粗使的囉？

　　父親訕然，説我哪是這意思呢，我……

　　阿林借機脱身。知道父母又開始抬摃，這是他們晚年生活的遊戲，吵吵好好，填寫歲月空格。

　　他明白父親的意思。但父親的擔憂是上一代的，早OUT了。他和琳達愛情甜蜜，日子將是你儂我儂的，甚麼粗使細使的。

　　去上海前收拾行李，阿林想了想，找出了寡佬證帶上。

如果這次順利，他要乾脆俐落，在上海一鋪搞掂註冊的事。愛情還是落袋為安。

阿林隨琳達奔赴上海。

阿林的外形其實是蠻看得的：端正不缺陽剛，結實也顯斯文，少少的木訥反令人覺其沉穩。

琳達的父母甫見阿林，便對他頗有好感。特別是琳達的母親，看著阿林，笑咪咪，復笑咪咪。

阿林曾在他的那些上海籍劈友處取經，知道有個名詞叫「毛腳女婿」。説上海人有句話叫：丈母娘看女婿，愈看愈歡喜。阿林心下知道他叫人歡喜了，竊喜不已；劈友還曾説，「毛腳女婿」脱去毛腳，好比見工轉正，不容易。於是阿林竊喜之餘，也告誡自己，仍要小心謹慎，見步行步。只求這一趟能用上寡佬證。

琳達的家庭算得上知識分子家庭，父親是上海某大學的副教授，母親是小學教師，家裏只有琳達一個獨生女兒。家庭氛圍平和有禮。阿林甫進不久，感覺即很愜意。不由在心裏暗自感謝上蒼的眷顧。

阿林的尷尬情事

阿林先是住在琳達家附近的一家酒店裏，除了和琳達去逛街，平時，琳達母親都堅持要他回家吃飯。琳達的母親煮菜很有兩手，甚麼百葉包肉，燜蹄胖，雪菜黃魚湯，腌篤鮮……五花八門，日日新款。

阿林又新奇又開胃，邊吃邊想，都説吃在香港，不知上海菜原來這麼美味。再想想，覺得自己很有吃福。這麼好吃的上海菜，將來能夠吃個不停。看看一邊也吃得津津有味的

琳達，更是竊喜，廚房還是貼身的！

九十年代開始，上海一直在搞城市規劃。多年來，不斷有地方在動遷、裝修，一處又一處。

阿林住的酒店到琳達家只百步路，但正好有個工程在進行，百步路變成爛泥路。阿林每次走到琳達家，皮鞋上總是沾了不少泥沙。過了兩天，琳達母親對阿林說，路上不好走，不如住在家裏算了，反正家裏有多餘的空房間。

阿林當然願意了，簡直心花怒放！雖然他不敢奢望因此可以和琳達怎麼怎麼，但至少一早起身可以看到她啊！看到她晨起的慵懶，想想也醉。

不過阿林嘴上假假地說，打擾你們不好，不好意思的，不好意思——

琳達的父親插嘴說，自家人，不要緊的。

阿林立刻不推辭了，說，好，好。生怕弄假成真。

琳達在一邊聽著，一直沒說話。母親一開那口，她就知道大事已成七八——母親是他們家的話事人。等到父親也開了口，她的眼睛放出光來，知道塵埃落定，阿林已被認做自家人了！

琳達的情緒整個放鬆下來，看著阿林，羞羞的想笑，想笑又羞羞的，一如待嫁新娘。

其後兩人去酒店退房，忙裏偷閒還濕吻了一陣。要不是那天琳達適逢「老朋友」來，兩人正想慶祝個天昏地暗！意猶未盡，便說起過兩天和父母商量商量註冊結婚的事，認為這才是最實際的。

住在家裏果然不一樣，大家一家人似的很放鬆。尤其是琳達，盡退以前的矜持和戒惕，對阿林，如對自己的老公一樣。

那次和萍萍去蘇州，萍萍喜歡帶阿林出去會朋友。這兒飯局，那兒卡拉ＯＫ，忙得陀螺似的。阿林對蘇州卻沒甚麼印象。

這次琳達不一樣，琳達喜歡兩人世界。兩人或者在家裏喝喝咖啡聊聊天，或者出去這處那處逛逛街。手拖著手，似逛非逛，這裏走到那裏。琳達給阿林輕輕說著上海，阿林也得以細細地看看上海。

在香港的時候，琳達和阿林上街，琳達很少買東西，看到了喜歡的也不買，隔天自己再去買來。一來不好意思讓阿林等候，二來也怕阿林誤解，搶著去給自己買單。現在關係不一樣了，琳達高興地拖住阿林的手，這店看看，那店望望。還預先告訴阿林，不要為她付錢，因為她的人工也不少。

於是以前喜歡的、猶豫的，都帶阿林去看。像和老公商量似的，阿林也覺得好，她就買下來。一袋又一袋，一包又一包。

很快，阿林的兩手拿得滿滿的。阿林先沒覺察，後來兩手滿了，琳達貼心地幫他把小包拼到大包裏，讓他拿得容易些。

阿林這才有點奇怪：琳達不拿包，她僅握著自己那個輕巧的小手袋。阿林甚至不知道這些包袋甚麼時候都跑到他手中的。奇怪著，卻也想起來，琳達這兩天「老朋友」到訪。

這事阿林倒是懂。這種日子，女人會懶怠點。想著，大丈夫氣湧了上來，自己不照顧她誰照顧她？以阿林的力氣，這點東西不在話下。

但接著幾次的出街，阿林不這樣想了。他看出來，讓男人拿東西是琳達的習慣。阿林注意到，琳達不管買了甚麼東西，都是順手往自己手上一放，自然到像往個貨架上掛東西一樣。阿林不由看了看商場內來來往往的男人們和女人們，頓時驚奇不已：很多男人也像他一樣，是個流動貨架，手裏七大包八小袋。而他們的女人則和琳達一樣，握著個小手袋，在邊上自在地走著。

不同的是，其他男人做貨架做得笑咪咪的，阿林笑不出。

趁一個和琳達父親單獨相處的機會，阿林裝作聊聊上海街頭的所見所聞，把男人像貨架的事說了一遍，阿林想聽聽這個大學副教授的見解。不料，琳達的父親沒聽完就笑了，說，我幫她媽媽拎了一輩子的菜籃子呢！阿林嚇了一跳，大學教授一樣是個貨架子！

上海也興觀音兵？

阿林開始留意一些事情。

琳達的母親雖說做飯，但其實大學教授更忙。買菜，洗菜，刷碗……廚房進進出出的，比做飯那個更忙。大學教授不但進廚房，還要進廁所，洗廁座，洗浴缸、洗衣服……

奇怪的是，大學教授和街上的男人一樣，做著這些，臉上也是喜樂一片。

阿林滿腹狐疑，卻也不知道再去問誰。方知他那些劈友

知道得實在有限。幸好除了做貨架，其他的還是那樣的甜蜜。琳達的甜笑、柔聲、美姿，還是叫阿林褲袋裏的寡佬證跳個不停。

阿林想，來日方長，他可以慢慢調教琳達。

又過了兩天，琳達的大姨、小姨兩家人要來做客。琳達的母親說是來拜會她這個長姐。琳達卻懂。琳達已向母親透露註冊的意思，這是父母下決心前的再次測試。琳達便要阿林穿得醒目點，說大小二姨醉翁之意不在酒，她們是來打量阿林的。

阿林一聽，不敢怠慢，除去為註冊準備的那兩套最好的衣服，另挑了一套合適的穿上。務求自己裏外標青，一舉過關。

果然，一席飯臨半，姨姨們就先後對琳達母親豎起大拇指，說，囡囡好眼光。因為滿意，說話不再需要掩瞞阿林。

阿林微笑。一身警戒鬆弛下來，和琳達互相擠擠眼，這才開始細細品嚐起面前的「醃篤鮮」。雖然有點涼了，仍很鮮甜。

姨姨們完成任務，也開始了自己的話題。家人間的，說到哪裏是哪裏。不再把阿林當外人。

主要是小姨在說她家房子動遷的事。

政府提供了一筆動遷費，並劃出幾個小區來讓他們選擇遷往。阿林聽出來，他們選擇遷去小姨主張的「生活設施齊全」的小區，而小姨夫想去的「綠化特別好」的小區就否決了。

這些話題阿林本來不感興趣，婆媽瑣碎。坐著，左耳進右耳出，忙著和琳達眼波互送，夾菜遞情。後來小姨一聲怒叫，把阿林嚇一跳，留意起來。

小姨叫，老公你怎麼啦？又在說！

小姨夫白白瘦瘦的，說話聲音很輕。見小姨對他喊，聲音更輕了，說，聽，聽聽大家意見嘛，真的簽了字，就不好變化了。

阿林聽懂了，小姨夫趁親戚多，又說起「綠化特別好」的小區有多好。他還在爭取意見，以求變化。

小姨不耐煩地說，甚麼真簽假簽，我說去哪裏就哪裏啦，你跟著搬家就行了！

阿林有點吃驚。

別人卻沒有吃驚的。

大姨說，對，對，聽你老婆的，一家人主意太多不好。

大姨夫白白胖胖，在一邊笑笑說，對啊，看我們家，全聽老婆的，太平！

琳達父母沒說話，但不斷點頭。

小姨夫見勢縮了回去，忙也點頭說，也對也對，聽老婆的，聽老婆的。

阿林的上海話聽力已經沒問題，他全聽懂了。便看看琳達，見琳達笑咪咪地聽著。顯然也是見慣聽慣的。阿林卻聽得心裏不太舒服，悶悶地喝著醃篤鮮，覺得不再那麼鮮甜。

至散席，阿林奇怪地看到，沒能如願的小姨夫卻像是如了願一樣，提著小姨的手袋，老婆長老婆短地圍著小姨轉。

路上，阿林把覺得奇怪的感覺講給琳達聽，不料琳達更

奇怪，説，老婆決定了，老公還要怎樣呢？姨夫愛小姨，自然就聽小姨的啦。

阿林忽然一句話也回不出來。

阿林甜蜜的心裏不為人知地泛起了一點水泡。

隔天晚上，兩人聊天、看琳達小時候的照片，開心不知時間過，已是夜間。阿林忽然覺得有點餓。琳達的父母都已經睡下了，琳達便牽著阿林的手，兩人輕輕走到廚房裏。琳達嬌媚地把身體貼在阿林的背後，手攬著阿林的腰，指引阿林往前走。告訴他甚麼東西在這裏，甚麼東西在那裏；又告訴他，微波爐怎麼怎麼弄，烤爐怎麼怎麼弄……在背後無法説清楚的時候，便暫時放開阿林，走到實物前示範一下，然後再到阿林背後抱住他……

阿林這才知道琳達毫無操刀的意思。而琳達做著這些，又顯得那麼自然自在。

阿林感覺著背部上貼著的琳達：豐滿的乳房，柔軟的體態，這些原是他渴望的，卻不知如何，此時沒了感覺。反是心裏翻江倒海：原來貼身廚房根本不存在。

阿林粗手笨腳弄著，也煮熟了，也吃下了肚，但毫無滋味。

第二天，阿林提議出去逛逛街，説天氣好，不如去買琳達那日看上的鞋子。琳達歡快地説好。

兩人去了。買好了鞋，琳達習慣地往阿林手上放。阿林推開，説，這點東西，你自己拿。

琳達很意外，自己拿了，臉卻不笑了。

又買了件衣服，沒交給阿林，自己提著。阿林也沒說讓他來拿。

又買了個甚麼，也是這樣。

琳達說，累了。兩人回家。

當日無語。

阿林內心細微的水泡已變成了浪花，他對前景毫無把握起來，對整件事毫無把握起來。

他覺得進城或許不是那麼好玩的事。

兩人原說好過兩天就和琳達的父母商量註冊的事，但阿林現在不知如何是好。假期已過了大半，他的心裏卻亂亂的。

琳達甚麼人？心細如塵！她覺出了阿林的變化。雖然不知道阿林的變化從何而來，但她內心的傲然使她甚至都不願去問發生了甚麼。她是那種人：阿林退一步，她會退兩步；阿林再退一步，她就整個的退了出去。

一切都發生在一聲不吭中。大家照舊聊天，說說上海，說說香港，就是不說註冊的事。好在假期也結束了。阿林客氣地和琳達的父母告別，兩人一起回了香港。

阿林把琳達送回家去，門口告別的時候，心裏有點難過。他其實很喜歡琳達，但歲月漫長啊。

兩人像普通朋友那樣，沒事不再聯絡了。

朋友們奇怪這結果，但在兩人嘴裏都不能問出甚麼。偶爾，兩人在朋友處碰到，點點頭，生人似的走開，再不提往事。

阿林也不再去打羽毛球了。

五

　　阿林終於說完了他的故事，派對的人已走得寥寥無幾，我匆匆和麗莎兩公婆告別，搭阿林的車回市區。阿林說，呵呵，講一講，舒服多了。我笑笑，希望他對我這個給不了甚麼建議的聽眾滿意。我問他，還會找上海女仔嗎？他頓了一會，竟回答，唔⋯⋯唔知道⋯⋯唔清楚⋯⋯又真唔知道喔⋯⋯

　　唉，那一聲聲的「儂好」呀！

　　時已子夜，天幕呈深藍，星星點點，幽深而神秘。卻想起蘇子的〈題西林壁〉：

　　橫看成嶺側成峰，
　　遠近高低各不同，
　　不識廬山真面目，
　　只緣身在此山中。

　　後來我和阿林沒再聯絡過，甚麼時候還真想找麗莎八卦八卦。

蝴蝶飛舞

一

她用紙巾，一枚捂著口鼻，一枚裹住手指。她按了按 G 字，然後等電梯上來。

有關門聲。又有關門聲。陸續有人也走來等電梯。他們互相看了一眼，點點頭，算打了招呼。知道是鄰居，但不認識。住在一個樓層裏，可能住了很多年，可能住了沒幾年。面熟陌生。

大廈工字結構，一梯八戶。工字的兩橫各住了四戶人家，中間的一豎裏左右兩邊四部電梯。他們散散地站著，互不靠近。新冠病毒肆虐，大家懂了這距離。

電梯寂寂地上來了。她離電梯近，率先走了進去，然後用裹著紙巾的食指按住閘門，等他們先後走進去。他們都說，謝謝！她說，不用。聲音都很輕，或者互相瞄了一眼，或者沒有。

電梯又寂寂地往下。中間又有人走了進來，她因為手上裹了紙巾，就說，我來。按閘，開門，關門。都感激她，都說，謝謝。都忘了也想起來了：手也是傳染渠道。「每兩小時清潔一次」的電梯告示並不能叫人安心。

出大門，看更驚奇地看著她，呀，你怎麼不帶口罩呢？

他們也看著她。早就覺得奇怪了，個個帶著口罩，只她用紙巾。

她有點臉紅，說，沒……沒買到口罩，……周圍都買不到。說時，食指上的紙巾已扔去了旁邊的垃圾桶，拿出新的紙巾捂住了口鼻。出門去了。

看更嘆了口氣。疫期茫茫，一罩難求。

他們頓了一下，也出門去了。

二

出了大門，他去停車場取車。心想，這女的也真是，自己都不安全，還管別人。

這是新年假後的第一個工作日。公司通郵，為免病毒傳染，開啟在家工作形式。他是個軟件工程師，去公司取些相關資料回家。

車往吐露港，一路奔馳。顯然很多公司都選擇了在家工作方法，路上沒有了車流擁塞。還在路上的，應該都是他這類不得不出門的。公交車看去也幾乎沒人，司機的臉上盡是清冷。

香港雖未封城，卻近乎封城，口岸大多關閉了。城市忽然靜了下來。

紅燈還是要停。燈牌隨時間跳動，並不管路上幾乎無人。

一隻粉黃的蝴蝶貼在了他的車窗玻璃上，像刮落的一片花葉。他看著牠，百無聊賴；牠也看著他，若有所思。都說蝴蝶是複眼，卻只一粒芝麻大。黑芝麻。綠燈出，車動，牠飛了。不知所向。

如此新年假期可謂猝不及防。去年底，為了清假，他和家人去了芬蘭看北極光。這個計劃父母說了好多次。他和妹妹搬出去住後，父母總是各種一家相聚的計劃。玻璃屋裏，北極光確實美，四人聊天也快樂。總是差了些。這種節目如和情人一起，當更有意思。孝心不易盡。妹妹篤穿他，說他哈欠連篇，分明應付人；他笑笑。妹妹這麼來勁，不過是她的男友趕博士論文無法陪她。不過，他不篤穿妹妹。母親催婚，妹妹心情好時會幫他胡謅幾句。母親可能也累了，說，景也看了，玩也玩了，回香港過年吧，在家慢慢聚。

沒想到不能如願。一家人匆匆吃了頓年夜飯，就各自回家閉關了。幸好回程那天看了新聞，說有些地區傳染不明肺炎。母親當即買了幾盒口罩，要他和妹妹帶些回去。那時他還堅稱多此一舉，沒想到以後口罩貴比黃金。幸虧提前回了

香港，不然後來緊接著的這國那國的停航、封關，回不了香港才是最麻煩的。工作分分鐘泡湯。

到了公司，沒幾個人，大家遠遠地打個招呼。大多來取些資料回家。有不能回家做的，戴了口罩，還帶上了平光眼鏡。差點都不認得了。飛沫到處攀附。愈演愈烈。

他匆匆找資料。疫期，合作公司的工程都暫緩或者往後推。不去現場，其他的都可以拿回家做。又打了幾個電話，核實了一些要求和細節。話都簡潔，可以邊做邊修正。忙了兩三個小時，相關資料一大疊。公司給每人發了十個口罩，一起放進了提包裏。多多益善。

該取的都取了，他鎖上了抽屜，卻想到了她。輕輕一笑，撥通了電話。

她果然在。聲音有點悶，許是戴著口罩的緣故。聽著還是嬌柔。

早晨，有甚麼可以幫到您？

他的電話號碼應當顯示在她的座機上，她卻總是佯做辨不出他。

◎
蝴
蝶
飛
舞

他說，早晨，請問，我有個項目想貸款，點做呢？話很正經，但聲音帶笑。給她一個臺階。

她是銀行信貸部的經理。他去她們銀行推介一個語音識別軟件，在推介會上認識了她。她是使用部門之一。放完PPT，燈一亮，他就看到了她。一張會議桌上十來個人，她的靚麗很突出。在他後來的講解中，她提了不少問題，別人也提了不少問題，但他回答她的特別仔細，幾近殷勤。為

產品更為這張靚麗的臉。他覺出，他留意她，她也留意到了他。甚至可能是她先留意他的。PPT 推介，黑燈瞎火，他在明處，她在暗處。她的眼睛裏閃現出一種光芒，很微妙，但他捕捉到了。她的提問並不新穎，只是角度和別人稍稍不同而已。她提問，他回答，一問一答間，他倆被罩進了一個磁場內。看不見，卻自知，卻攝人。推介是成功的，銷售部門的同事告訴他，新年假後簽合同應該沒有問題。他想聽聽她的聲音，也順便聽聽軟件還有甚麼問題，做最後的修正。

他說完，她稍停，果然像是剛剛辨出他來。嬌笑，喔呀，原來是你啊！

早晨！他也笑。

咦，你們怎麼也要上班的呢？你們的工作完全可以在家裏做的啊。她嬌嬌地續話。

他心裏笑，她出賣了自己。不看到他的電話號碼，又怎會知道他在公司裏呢？她們通常先看電話號碼，辨別客戶，再行對話。是她自己告訴他的工作方式。推介會後，他說要去應用現場看看，便去了她的辦公室。為業務，也為和她接觸。

他說，來公司取些資料，一會兒就回家。語氣盡量日常。他並不想要她難堪。

她頓了頓，果然意識到了自己的錯誤，但她只「喔」了兩聲，就跨了過來。聲音更為嬌柔，說，你們就好啦，我們卻不能呢！外面病毒再怎麼一塌糊塗，客戶還是要投資，要貸款，要找我們的呀！

這是她的強項，不會在哪處陷著，嬌柔熨平一切。她是

她們銀行的金牌經理。

他也幫她下臺，隨即跟上說，工作性質不同嘛！我們在家辦公一點不輕鬆，路上省下的時間要用來做事呢。說著，又扯開些，扯起了軟件。談論業務，始終是他接近她的最體面的做法。

沒想到，事情在這裏變了味。

提起軟件，提起她的使用感覺，她的語意、語氣忽然都空茫了。聲音還是嬌柔，卻顧左右而言他，沒有褒貶，沒有意見，沒有態度。

他疑惑而狼狽。她使用，他設計，就業務說業務，有甚麼問題嗎？推介會上，她不也談意見了嗎？而且，一次次試用時，她和她的同事都說這軟件很好用。她只需實話實說就可以了。

她的讚美或建議，於他都是情話。

他不懂她為甚麼。一直以來，她用她眼裏的光芒鼓勵著他，給他時間，給他話題；他對她的感覺也日益美妙、蓬勃。他們的對話總是流暢而快樂的。眼前忽然怎麼啦？

他不由焦躁地從椅子上彈了起來，卻茫然，轉了個身子，電話線把他纏住了，他又繞回來，重新坐下。

她把話題轉去了疫情中冷清的大街。說口罩的顏色和款式。聲音仍然嬌羞。

他嗯嗯著。

一細想，他這才想起來，推介會上她的意見其實總和別人相去不遠；人少或單獨的時候，她並沒真正說過她的意見。

他有點明白了，她是那些隨勢而行的人。沒有自己的意

◎
蝴蝶飛舞

見、或者不想持有自己意見。人云亦云，八面玲瓏。

他覺出了她的世俗和精明。

她的靚麗在他心裏由此有了點瑕疵。

戴口罩了吧？要小心些哦！他也轉了話題。還説了些關心的話。這是真心的，他不敢想像這朵靚麗的花被病毒搞得凋零殘敗。

當然戴著啦！我們有工作口罩，我還戴了平光眼鏡呢。他的話題轉了，她的聲音更多了清甜。又説，呵⋯⋯幸好你看不到我呢！

後面那幾個字卻是又嗲又輕。

這幾個字卻很有撩撥性，他收到了。説，看到怎麼啦？哦，知道了，很醜吧？故意説。

好衰呀你！果然她叫。

自是嗲多過惱。

他大笑，兩人又胡扯了一通，撩來撩去。

卻都是虛的。放下電話時他想。

一段時間來已漸清晰、蓬勃的那點感覺有點萎頓下去。

回家很快。走到電梯口，正要摁閘，卻縮了手。想起病毒可能無處不在。也想起早上那女的，自己缺少保護，還去管別人，不可思議。日前有次也是搭電梯，人都進來了，但沒有人去按 G 閘，都怕病毒，都裝糊塗。電梯停著，一秒又一秒，氣氛很尷尬。最後還是頂在閘前的那個捱不過，只好按了。臉卻黑過包公。

他頓了一下，退出去，從包裹拿出公司發的那十個口

罩，走過去對看更說，早上那女仔沒有口罩，好危險。看更先楞了一下，旋即想起來。說，噢對，你們那層的嘛，買不到，沒法啦！他把那包口罩推過去，說，這個給她，我有多。看更眼睛一亮，說，啊呀，太好了！你真好人，真好人！他說，小事。有人傳染到，對大家都不好啦。轉身走。看更說，你們一個樓層，自己給嘛！他為難，我不知她住哪間。看更說，哦，2605室。他說，那好。

他走去取信處，把那包口罩往2605的信箱裏塞。可是箱口太窄，塞不進去。沒辦法，上了樓，兜了一圈，找到了2605室。原來在另一橫裏——他的對面。他這才搞清楚，他住的2601到2604在一橫裏；2605到2608在對面那一橫裏。心裏覺得有意思。同樓這麼多鄰居，多年了，時不時碰到，卻咫尺天涯，誰也不認識誰。他只依稀有印象，見過這女的。有時一個人，有時和一個老人一起。

他走過去把口罩輕輕放在2605室門口，回了家。

◎
蝴
蝶
飛
舞

他洗手，沖涼，換衫，想起看更說的「你真好人」，感覺很受用。煮了杯咖啡，坐下來，心情異乎尋常的好。打開電視機，無線新聞，NOW新聞，鳳凰……卻忽然想到了她。心情好些想起她，想法卻又昂揚了些。

他攪著咖啡，心想，她那樣的人其實很多。滑溜溜，沒膊頭。小心撑得萬年船。啜了口咖啡，也想起自己。自己又怎樣呢？感官嗅到了美妙的獵物，燃起的是情慾，是渴望，是佔有。僅此而已。就像妹妹說的，「你恐婚只因為你自私」。妹妹說的對。他也是滑溜溜沒膊頭的……卻又為何苛求一個弱女子呢？

他胡亂換了一陣頻道。都是關於新冠病毒的。他關了電視機，清淨了，腦子卻活躍了。看更說他真是好人，這話他愛聽，超過讚他的軟件。他想，人無完人，她和他一樣，都在凡間。

一鬆一放之間，天地寬了。他還是要追求她的。他想。

他喝著咖啡，覺得今日的咖啡很香。

三

出了大門，他走去小巴站，站上寥寥幾個人，風裏縮著脖子。人人都戴著口罩。有個像他差不多年紀的男子，用塊黑白相間的布料圍住口鼻，腦後打個結。卻也瀟灑。這人可能像剛才那女鄰居，沒有買到口罩。也可能只是為了別緻。

他和阿梅好運。小年那天，他倆吃了晚飯出外散步，見藥房裏很多人在買口罩。想起幾天來新聞說又有類似沙士的病毒捲土重來，他們也走了進去。口罩價格已經貴了。阿梅說，貴更要買，說明情況嚴重了。他們不但買了口罩，還買了漂白水等消毒用品。阿梅感覺敏銳，做事果斷。果然，病毒後來日益張狂，防不勝防。把世界搞得雞毛鴨血。

他和阿梅都是公務員，新年假後被告知在家工作，他去署裏取些資料回家。

以前返工，他們總是一起出門，一起去巴士總站。手拖著手。他去港島，她去九龍。阿梅的小巴站先到。說拜拜時，他總會捏捏她的手心再放開。不捨。她也說拜拜，亮晶

晶的眼睛對著他，也是不捨。阿梅有對亮晶晶的眼睛，很誘人。有時候人多，他們在各自的站臺上排隊，會眺望對方。阿梅那亮晶晶的眼睛很好找，一下就找到了。做個鬼臉，也是快樂。他們結婚才兩年。

今天，他卻是一個人。今天阿梅黑著臉，眼睛像熄滅的燈。阿梅根本不看他，乒乒乓乓洗漱吃早點，然後一摔門走了。他在睡房裏裝睡。他原想叫住她的，但忍住了。他錯了嗎？他沒有錯。叫住她，說甚麼呢？阿梅一走，他立刻起身，匆匆收拾自己。去辦公室取資料不能太晚，一來一去半天就沒有了。在家工作責任更大。

走過阿梅的小巴站，心覺空空的。站上沒人，可能剛發車。不知道阿梅坐了哪班車。

巴士佬不甘心才幾個人，發車鈴響了幾遍才開車。開得很慢，車門似關沒關。繼續蒐羅乘客。沒人斥責他，今天沒有遲到的問題。

新聞裏看到，有個醫生因為沒戴防毒眼鏡，傳染上，死了；有個護士，全身有裝備也傳染上，也死了……這個病毒最大的特點是傳染力強。

前幾天，他和阿梅在看電視，阿梅忽然猛咳起來，他趕快把紙巾盒遞給了阿梅，卻把臉轉了過去。你為甚麼要轉過臉去呢？但是轉過臉去不對嗎？等他再轉過臉來，阿梅的眼睛卻熄了燈。晦暗的。她黑著臉擦鼻子。電視裏放的是喜劇，他們剛才還笑成一團。

他想解釋些甚麼，但不知道怎麼解釋。氣氛有點尷尬。他搭訕著說這演員那演員，阿梅一言不發。他們默默地看電

○
蝴
蝶
飛
舞

視。阿梅依然不斷地咳，打噴嚏。他有點擔心，在阿梅緊咳時，他站起來去了洗手間。去拿溫度計給阿梅。阿梅接過去探熱，卻鄙夷地看了他一眼，說，洗手間幾步路，你去了很久。他說，沒有啊。事實上，他確實等阿梅的咳嗽聲過去才走出來。

阿梅是個敏感的人。阿梅體溫正常。

巴士佬終於死了心，關上了車門。車速正常了。人還是寥寥無幾，車上寂寂的，沒人說話。疫毒流竄，褫奪了人們說話的心情。

放好溫度計，他對阿梅說，覺得不舒服，我們就去看醫生。阿梅冷冷地答，看甚麼看！這幾天氣溫相差那麼大，打打阿嚏很正常！也是。那兩天氣溫躍上跳下的。阿梅不再看電視，洗了澡，早早去睡了。他給阿梅倒了杯熱茶，端進去。阿梅鋪了兩個被窩，意思不言自明。以前，只有阿梅來了「大姨媽」，他們才會這樣睡。見他上牀，阿梅裹緊了自己的被窩，轉了個身去睡。

他沒有像往常那樣設法鑽進阿梅的被窩，或者去哄她。他也背過臉去睡了。阿梅對自己有把握，他沒有。這個病毒怪怪的，沒人有把握。真要有事，不要兩個都有事。一個可以照顧另一個。

此後阿梅便不再理他。後來幾天，阿梅體溫都正常。他很高興，阿梅沒中招。他們仍像往常一樣，阿梅做飯，他搞清潔。但阿梅就是不理他。

有電話進來。他趕緊看，希望是阿梅。以前，阿梅上了小巴會給他電話，聊聊天。電話裏是同事，告訴他資料放在

他桌上，不等他了。他說好。

那晚，他和阿梅各自躺在自己的被窩裏。他們這樣睡覺已經好幾天。都睡不著。黑暗中，他說，……病毒傳染性很強，我只是想……阿梅打斷了他，說，你愛我嗎？他說，愛。很愛。阿梅又說，想清楚再說。他有一會沒說話，後來問，那你呢，你愛我嗎？阿梅說，當然……卻悟到了甚麼，沒說下去。

黑暗中，他看不清她的神色。少頃，阿梅翻過身去，不知是不是睡了。他當然愛她，非常愛。他願意為她付出一切。但是，不是逞英雄。他和阿梅從沒談過這個問題。他的情緒也不好，各自睡去。他們僵持著，幾天了。

到了辦公室，只三兩同事。各自取東西。大家隔著距離說話。一個說，慘啦，個個封關，菲傭返不來，囡囡又停學，屋企七國咁亂！一個說，我更慘啦，阿媽日日煲藥茶逼我飲，飲到嘔！轉過臉來，齊齊看著他，壞笑，說，你就好啦，同老婆煙煙韌韌咧！他有點尷尬，卻掩飾，當然囉，你們恨不到這麼多的啦！

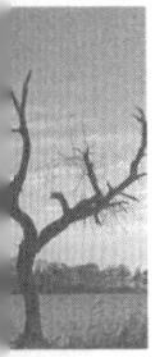

回家，走過快餐店，買了個咖哩牛腩飯。不要堂吃，在家可以邊吃邊看新聞。包好了，想到了阿梅，又再去買了個四寶飯，阿梅喜歡吃。她也可能回家吃午飯。

走到大廈門口，見鄰居和看更在說口罩的事。他知道這人，住 2601，在他們緊隔壁。他們住 2602。他聽到，2601 要把一包口罩給早上那女的，說那女的不戴口罩很危險。他想，是真的，那女的用紙巾捂捂口鼻，確實危險。2601

倒是看不出，平時高寶的樣子。看更說 2601 真是個好人，他覺得也是。真是看不出。聽著，居然有點感動。像是為 2601，又像是為 2605 那女的。

這些天來壓得實實的心境被撬動了一下。

到了家裏，剛吃了幾口飯，阿梅回來了，依然黑著臉。說吃過了。他說，那就留晚上吧。心裏還在躍動。見阿梅端了杯茶，準備去書房。這些天，他們默然形成各自的空間：他在客廳做事，她在書房做事。見阿梅要進房，他趕緊開口，說早上的事和剛才的事。說那女的沒口罩，只有紙巾，還給別人按閘；又說 2601，原以為那人很高寶，卻會送人口罩。

這是個合適的話題，估計阿梅會聽。他知道阿梅很善良。

果然，阿梅本來雖是停了下來，臉上卻是不耐煩。聽了幾句，人站定了，凝神了，最後坐去沙發上，邊喝茶，邊聽他講。雖然阿梅一直垂著眼簾不看他，沒說話，但她在仔細聽。

房裏沉滯的空氣在他倆之間流動起來。

說完了，阿梅靜了一會說，呃，這些鄰居還真好人，平時倒是看不出。他說，是啊，都不留意。我們住這兩年了，除了打招呼，一個也不認識。阿梅說，2605 的家裏好像還有個老人呢。他說，是啊，老人家抵抗力差，更危險。他和阿梅都頓了一下。他說，我們也送他們一些口罩吧？在家工作，口罩儉省。阿梅說，我也這麼想。

阿梅終於抬起臉來看著他。

他蓋上飯盒興奮地說，我們這就去！阿梅說，啊呀，你把飯吃了，都冷了！我去拿口罩。

他說好。飛快地吃，心裏湧著喜悅。阿梅的眼睛又晶亮了。他和她的心情似乎都好起來了。他想，一會兒我要告訴阿梅我愛她，我要把心裏真實的想法告訴她，她會明白我的，會贊同的。

四

沒有口罩，她本想坐的士去公司。但一想，司機或會不安。鄰居們剛才那神態，顯然又吃驚又緊張，令她感覺很抱歉。她用紙巾捂實了口鼻，走去了地鐵站。地鐵裏雖不擠擠挨挨，卻也人流不斷。地鐵始終是最方便的。人們都戴著口罩，偶有一兩個不戴的，裸著臉，反覺怪怪的。視覺也是從眾的。她用紙巾捂臉，也怪。

大家都默默的，拍卡，入閘，很少有人說話。似乎一開口，病毒就進了嘴。輪到她過閘，偏偏八達通卡被雜物壓在了包底。她捂臉的手不敢放下來，只一隻手去掏。曲徑探幽，半天未果。她只好退出閘機，去一邊的石頭圍欄處，一隻手逐件逐件掏出雜物，摸到八達通卡，再逐件逐件放回去。這才入了閘。

她是個時裝設計師，今天去公司為她的下一季的設計圖通稿。上季她得了個行業創意獎，欣喜，也受到鼓勵。她最喜歡的，莫過於看到人們穿著她的設計，在街上來來去去。

蝴蝶飛舞

美的流淌。她自知不是個有才華的設計師，她需要努力。為了下一季的設計，聖誕、元旦和過年，都成了她的工作日。她整日在桌上畫來畫去。很少看電視和手機。她知道其他地區發現了類似沙士的病毒，但山長水遠，並不在意。等她意識到事情的嚴重性時，外面的世界已經天翻地覆。市面上的防護用品、生活用品搶購一空。幸虧不久前買了些米、麵、廁紙，口罩卻是沒有想到的。後來她急急去買口罩，可是那需要幾小時、甚至通宵的排隊，讓她卻步。她沒有這個時間和精力。

只是擔心父親。

父親年紀大了，抵抗力大不如前。父親原是個大公司的管理層，過了花甲之年，仍年年指望公司留用他。去年沒能如願。退休後的父親，性格由溫厚變得乖戾，易怒易病。斜對門 2608 室有兩個小孩，一個男仔，一個女仔，每日進出，經過她家門口，只聽得唧唧呱呱，嘻嘻哈哈，精力充沛。父親心緒好，不以為然；心緒差，便會甩了報紙，自己發脾氣：嘈嘈嘈，真叫人頭痛！她便要打開電視新聞，轉移父親的注意力。

有一次，父親搭電梯，正好碰上 2608 一家子也進來。電梯裏，這家的大人要小孩背英語單詞，男仔背不出，女仔也背不出，大人便責罵。兩個小孩羞憤得直扭身子，電梯一停，射彈似地衝出去。撞著了父親。大人緊張英語單詞，跟著罵出去，都沒顧上父親。父親回到家又是一通脾氣，當我透明的麼？小孩不識道歉，大人也不識！甚麼時候我變透明的了！她趕快勸慰父親，說天下大人最緊張的是小孩的唸

書，一時氣糊塗了不足為怪。父親可能想起了她小時候給他受的氣，這才好了些。

她覺出父親心裏有落差。

父親卻全力支持她的工作。她得獎，父親比她還高興；她說要設計下一季的服裝，父親比她還投入——不打電話、不開電視，交代鐘點工做事聲音小得如耳語。她畫著圖，感激父親，也覺出了責任。心知，如果做出些成績來，父親的落差會好些。

外面的世界卻由此和他們隔開了一截。

沒有口罩，父親只能呆在家裏，散步也去不了。母親病逝前，她答應母親會照顧好父親。想來很是自責。

同事見她裸著臉嚇了一跳，趕緊拿來一個口罩叫她戴上。設計組分批上班，這個時間是他們這個系列的。三五個人圍著會議桌，留出安全距離坐下。

原來，不是她一個人買不到口罩，各人都有血淚史：家人換班通宵排隊的；國外親友快遞被截胡、再快遞的；十八區撲遍高價得來的……說著，嘆氣，還設計甚麼衣服呀，現在都穿防護衣啦。恨不得把廠內的製衣機全換成了做口罩的，倒也不愁銷量。笑話令人輕鬆。設計圖已是第三稿，很快通過。去板房選了布料、顏色，配件等，先打樣。

不敢久留。疫期實行快閃。

事情告一段落，人感覺輕鬆。臉上有了口罩，走路也自在了。休息兩天，她對自己說。手機叮咚一下，是 G 的微

信。很高興，可謂心有靈犀。

定稿了？G問。是的。她回。今晚我們見面。G說。她想了一下，回，明天吧，今晚我同老豆正經食餐飯。G停了一會，又叮咚，我可以說不嗎？當然好了，就明天。她連發幾個大拇指貼圖，說明天見。

她和G在談婚論嫁中。但父親退休後情緒一直不佳，她不能留下他一個人過日子。她決定再等等。G不快，但最後還是理解了她。

地鐵到站了，她去街市買些食材，晚上給父親做頓好吃的。這時勢，出去吃飯也不敢。

回到家，父親在沙發上看報紙，電視機開著，伊伊哇哇。很奇怪也很高興，這種熱鬧，家裏很久沒有了。父親少見的開心。見她進門，立刻說，哈，你說奇怪吧，我去扔垃圾，門一開，看到我們門口有兩包口罩。我以為是管理處發的。電話打去樓下問，看更說是同層的鄰居給的。問哪個鄰居，看更卻說不能講。說那人關照的，事情太小不值講。

她看到桌上果然有兩包口罩。包裝不同，每包都是十個。這些東西原本不起眼，現在卻是矜貴的。尤其他們，解了燃眉之急。會是誰送的呢？她也奇怪，和父親一起猜。同層樓的，她想起早上一起搭電梯的兩三個人。是他們嗎？或是他們中的一位？兩位？父親卻估計是2608室。說那天男仔女仔撞了他，可能覺得不好意思了。

猜來猜去，都不能斷定。就和父親說，哪日我問問看更，再謝不遲。

煲了個響螺瘦肉海底椰湯，清肺；蒸了條石斑，炒了個

菜心。家常菜，卻可口。父親胃口大開。父親情緒高漲，湯喝得忽啦忽啦的。她知道，這高漲，不全因為湯好喝，而是因為口罩。

有了口罩，吃完飯，便鼓動父親一起去花園散步，父親還是話多。説耆英一族不是透明的喔，不然人家怎麼知道我們沒有口罩呢？父親情緒高漲。她有點心疼。父親很孤獨。她決定勸説父親將來和他們一起住，不管父親怎麼説他一個人才自在。

回來，碰到了2608那家人。果然，趁著等電梯，大人又叫男仔女仔背英語單詞。説呈分試呀，你們要上心啦。她由此知道男仔女仔唸小五或小六。真是見縫插針。彼此禮節性點點頭，看著男仔女仔背單詞，心裏卻在猜口罩是他們送的麼。進了電梯，男仔把分詞的時態搞錯了。女仔説，錯了。男仔説，沒錯！女仔説，錯了！大人好像不懂英語，説，到底錯了沒有！

○ 蝴蝶飛舞

她驚訝地看到父親在一邊笑咪咪地説，錯了一點點，不要緊喔。父親説了個正確的。男仔女仔都笑了，對呀對呀，就是這個！電梯到了，都走了出來。那家大人説，多謝喔，公公英文真好！又嘆氣，説學校、補習社停擺不知到幾時，小朋友不自覺，真叫大人發憎憎！一直謝到各自門口，斜對門，告別回家。

過幾天，碰到了那位看更，她又問了父親問過的問題。看更果是為難的樣子，説，人家説小事，不想提喔。她想了想，理解了。也是。有些人不喜歡世俗的喧鬧。她自己也是。即便是感謝。於是，不再提這事。

一日，去公司看板回來，竟驚訝地看到父親對著手機講英語。仔細一聽，是在教人英語。她想到了男仔女仔。果然，父親告訴她，因為疫情不止，中小學校開課時間往後推。2608 的大人便請父親用手機微信視頻教小孩英語。說反正斜對門，一旦搞不懂，還能走到門口來問。說當補習社學習，也繳錢。父親說我才不要收錢呢，教教英語很小事的嘛！她說也是。也算安全。只叫父親留意別累著。心想哪日讓 G 來一次，為父親在電腦裏安裝個視頻軟件，就更方便了。

不斷看板，修改，再看板，再修改。G 也弄來了一些口罩。G 也度過了沒有口罩的日子。香港的疫情不見消減。

又過了些日子，忽見洗手間有一支漂白水，欣喜，緊缺用品。問父親怎麼買到的。父親說，哪裏買得到呢，是人家 2608 送的。這才知道 2608 是臺灣人，在附近商場開了個臺灣餐廳，疫情下，食客寥寥無幾。蝕本不如休業，就把難以存放的食材送了鄰近熟人。鄰近是間藥房，作為回報，就送了些防疫用品給 2608。

本來虛無縹緲的鄰居，有了事件就有了立體感，忽然認識了似的，很覺有意思。

她說，別忘了給錢。父親說，給了，人家不要。2608 告訴父親，漂白水不是只給父親，他還給了其他幾戶人家。原來，父親對 2608 講了有人送口罩的事情。2608 聽了一時大悟，說，對啊，街坊要互相保護。一個生病，個個生病。就給各家門口都放了一份。

她聽得一愣一愣的。這才想起叮囑父親不要再提別人送口罩的事了。不過，這後續，卻是她喜歡的。

又過幾日，又在門口看見一支消毒洗手液。2608說不是他們送的，說可能是別人還人情。

⋯⋯

門口就不時有了防護用品。她買到甚麼，也放去別人門口。鄰里之間起著一種微妙的變化。見到，除了像以前那樣點頭，還會說：早晨、返工啊、出街啊、食咗飯沒、留意聽日停水⋯⋯

沒人知道變化怎麼開始的，包括她自己。

父親情緒日漸穩定，精神也飽滿起來。父親終於適應了退休生活。

樓價在疫情中跌落，G和她去選購物業。G說，終於終於我們要成家啦！她說，又呻啊？終於終於的，好像很煎熬。G笑說，不是嗎？她也笑，心知是的。

G挑中了一個單位，三房兩廳。她奇怪，一直以來，他們考慮的是兩房一廳。她說，供樓辛苦。G說，給你老豆留間房。她說，他不會來住。父親現在很精神，她放心了。G說，留間房給他，年紀大了，或者會來住。她說，要多供好多年。G說，鄰居都想到關心他，我們多供幾年樓怕甚麼。她一下子擁住了G。G總是最懂她。懂她的喜怒哀樂。

他們落了定，又十指緊扣行商場。她說，不如行下街市，今晚我煮飯給你們兩個吃。

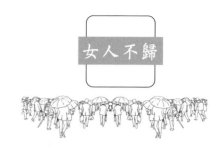

女人不歸

一

　　年前，因為公司的一個項目，我離港去南粵的一個小城住了一段日子。單槍匹馬，日子卻也自在。白天忙事，晚上四處逛。但見小城似白晝，日息人不息。高低林立的商廈，被綴如五彩光柱，直射天際。大街小巷燈紅酒綠，人歡馬鬧。顯然不夜城已不是我知道的那幾個了。

　　酒店不遠處有一間美髮店，玻璃幕牆上長髮飄逸、短鬢俊朗，很像香港髮廊。便由空隙處望去，見店內理髮的、被理髮的髮型很是不俗。價格牌卻安撫人，所需不到香港一半。

找日便走了進去。迎面一張半圓帳臺，鵝白，一個女子正在為顧客結帳。看到我，手上的動作迅疾起來，朗聲問我有否相熟的師傅。我說，沒有。她立刻說，不要緊不要緊。指指邊上一排椅子說，坐，坐。那排椅子上坐了很多人，顯然費時。我猶豫了。她忙又說，很快的很快的，一會兒，我給你挑個好師傅！

女子和我打招呼，手上的功夫卻毫不耽誤，角幣、錢箱叮噹作響。邊忙，邊還給那顧客撣去些肩頭碎髮，最後還不忘在那人的找贖裏塞了張名片。

我驚嘆她的以一當十，也留意到了她的髮型。女子約三十來歲，頭髮剪得很短，微卷，髮尾落在耳輪上，妥貼精緻。前額處，挑染了一束暗紅，如微火，跳躍在黑亮的髮間；配上她的濃眉大眼，整個人顯得既精神又時尚。

那結賬的顧客也是個女子，一頭齊肩長髮，剪得細碎而有層次。女子接過找贖，轉身離去，門一開，頭髮飄揚起來，豁然騰起一朵黑雲。柔軟，養眼。

我不再猶豫，找了個位子坐了下來。

卻比以為的快。一會兒，一束暗紅就過來引我入內。笑咪咪地說，師傅就是給剛才那客人剪的，好不好？我連說好啊好啊，心裏佩服她觀察細緻。我隨她洗了頭，裹上毛巾坐下，理髮師就過來了。一個中年女人。一臉微笑很溫和。

女理髮師熟練地抹乾我的頭髮，問我，喜歡甚麼髮型呢？這下把我問住了。我向來選擇困難。剛才坐在那兒，翻了兩本髮型書，卻沒拿下主意。我七上八下地描述著。找到個好店，生出野心，意圖改變自己多年來沉悶的髮型。

女理髮師很有耐心，聽著，嗯著。少頃，指指鏡子的上端問我，像不像這個？我抬頭看，原來上方都是照片，都是髮型，都漂亮。卻更是看花了眼。見我不肯定，她又一張張指，這個呢？那個呢？

突然，有一張照片引起了我的注意。照片上的人有著一頭齊肩卷髮，髮縫在中間細細分出，一頭卷髮瀑布似的向兩肩順流而下——那不是李雲麼？那是李雲的典型髮型呀！

我盯著那張照片看。

理髮師笑笑，說，那髮型漂亮吧？個個都喜歡！捏捏我的頭髮，搖頭，不過，你的髮質太軟，做不出那樣的效果。

我當然知道。

大多數人的髮質都做不了的。她安慰我。

我點點頭。我也知道。

那是我們老闆的照片，她的髮質好，軟硬度相當，卷髮是天然的，稍微修剪一下，就是那效果……

我驚異極了。

理髮師說著，還照著那髮型，把我的頭髮也由中縫分出，梳向兩邊。然後左看右看，又搖頭，然後又說，噡，那是我們老闆的女兒，她的頭髮也剪不出那個髮型，也是沒個那彈性。

我隨她說的看去——原來是一束暗紅！

我不由輕叫，這樣啊。

一束暗紅不知道我們在議論她，她還在那裏說著，笑著，揮動著手。

她的臉和李雲不太像，或者說很難比較。一束暗紅明

快、張揚，神采奕奕；記憶中的李雲，卻是陰鬱的、寂然的、沉重不堪的。

算起來，李雲也有個年齡相仿的女兒。

理髮師沒有看出我的吃驚，向我推薦了另一款髮型，說那款才合適我的臉型和髮質。我說好。她立刻咔嚓咔嚓地忙起來。

那張照片上的人雖然不再年輕，但是眉眼沒變。尤其是右邊的嘴角處也有一顆美人痣，胭脂色，圓圓的，綠豆大，和李雲的一模一樣。天下人長得相似的不少，但是連痣也長得一樣，怕是不多。那時候，為了這顆美人痣，我對「庖丁」那本視為神明的相書嗤之以鼻：瞎扯，太瞎扯了！甚麼美人痣乃福氣痣，李雲怎麼樣？李雲那算標準的美人痣了吧，怎麼樣了呢？不準，不準！逢那時，向來說話珠璣滿盤的「庖丁」也只訕然，嘴裏嘰里咕嚕，偶然的嘛，偶然一個，不足為證，不足為證。

趁理髮師換剪子的時候，我又抬臉細看那照片。我覺得相片上的人就是李雲。這張照片不知李雲何時拍的，除了青春不再，她依然艷光四射。

我在鏡子裏巡睃店面，問，你們老闆不在嗎？

理髮師專心地修剪著，說，我們有幾間分店呢，老闆會到處去看看——哦欸，你不信啊，真的呀！你看到她真人就信我說的了……看看，你這髮型也不錯呢！

說著，她已完工，果然剪出了一個令我滿意的髮型。我很高興，只是心裏有了點事，只漫應，說，不錯，不錯。

結賬時，一束暗紅一邊結賬，一邊也不斷誇我的髮型。

我留意到賬臺上方的牆上有個營業執照，法人處填寫的名字是「何雨」。

何雨，李雲，一個人嗎？還是一束暗紅或其他甚麼人的名字？我暗忖。

營業執照邊上，次第往內一排鏡框，都是榮譽：「文明企業」「五星級美髮店」「優秀企業經理——何雨」……

我對一束暗紅說，啊，你們店獎狀真多啊！何——雨，你們老闆？厲害的，優秀經理……

一束暗紅高興地搶著說，我媽……我們老闆當然厲害啦，這張獎狀是剛發的，她有很多獎狀呢！沒位置放了。我們店很好的呀！她自豪地也看那一溜獎狀。

我聽著，留意到她語氣的折頓。這折頓證實了理髮師的話，何雨是一束暗紅的媽媽，是那張照片上的人，也就是我認為的李雲。但何雨、李雲到底是不是一個人呢？我很想問問一束暗紅，但想想沒開口。當今世界，莫名其妙認熟人，不是騙子，就是傻子。叫人害怕。更重要的是，李雲是個不太好談論的人。

聽你的口音，不像是這裏的人是吧？我問一束暗紅。

她笑笑說，不是，我是 H 市人。她一邊結帳，一邊也替我揮揮肩頭上遺漏的碎髮。

這些年，H 市發展得很好啊！我說。

我是由 H 市遷居香港的，熟悉那裏。

她點算票幣的手頓了一下，少頃說，嗯。卻沒繼續說，只仍然微笑著，手下的動作加快了。最後循例在我的找贖裏塞了張名片，朗聲說，常來啊！

我說，好，好。

名片上列著店鋪的名稱、地址，電話。聯絡人：何雨。

我仍然覺得這個何雨就是李雲。何雨，李雲，名字不同，但這「雲」和「雨」之間似乎有某種關聯。更重要的是，這裏做的事情和頭髮有關。

我心想，我會很快再來，希望能碰上李雲或者何雨。

我很想再見到李雲。我斷定李雲比我更想。

二

三十多年前，我被分配在 H 市郊區的一個農場務農。有一次，我要到市區開會，臭口趙派人來把我叫去。

臭口趙是我們連隊的支部書記，早年到農場的 H 市知青。說「臭口趙」其實對趙書記不太公平，趙書記若是農閒或放完假回來，口氣是正常的。只是忙起來，說話會飄出些氣味來。愈忙愈有味。而趙書記一直是忙的。

那些天，正是春耕大忙時節，我謹慎地挑了個離他較遠的凳子坐下。

臭口趙叫我順帶監送李雲回市區，說李雲的奶奶病得很嚴重。我聽了嚇一跳，人差點沒把凳子帶翻。

我說，我？我哪裏行，李雲喔，我哪裏行呢！

臭口趙滿嘴唇瘡十分興旺，擺擺手，聲音很無奈：知道知道，不過你看看，哪裏還派得出人手呢？民兵都是強勞力，哪個小隊肯放人呢？

◎ 女人不歸

這是事實。可是……我説，那麼多人監管，她都能一次次逃跑了，我一個人帶著她，又搭船又搭車的，怎麼看得住她呢？一不留神她跑了，我可擔不起責任。

臭口趙沉吟著。

我忽然記起來，曾經聽説李雲對她奶奶很好。便説：讓她自己回去好了。不是説她奶奶生病嗎？探望奶奶不會逃跑的。

事實上，我覺得，我送她回去，或者她自己回去，效果是一樣的。

不行。臭口趙斷然否定。説，這樣做沒把握。萬一李雲跑了，一時抓不到，她奶奶要有個三長兩短，我們怎麼向她奶奶交代？而且……呃，而且你開完會，我還指望你把她帶回來呢！

我驚訝地看著臭口趙，他可真敢想！帶回去也沒把握，還説帶回來！但是我無奈。深知臭口趙安排事情，從來是見縫插針，叫人難以反駁；而且他説一不二。説商量只是表面功夫。

我悶了一會兒，説，就算我把李雲成功帶回家了，我開會那麼多天，我在會場，她在家裏，她不也可以跑了嗎？再説到底，就算她不失踪，最後她不肯跟我回來，我還能拿她怎麼樣？

我手無縛雞之力，這是明顯的事實。

臭口趙訕笑，説，唔，這不正好碰上你去開會嗎？沉吟了一下，卻像下了決心似的，説，這樣吧，我們盡力就行。如果這次真的又讓她跑了，不怪你。

這話還算實際，我稍稍鬆了口氣。剛想走，臭口趙卻又補上一句，不過，我覺得你行的，真的，自信點，你行的。

我走了。我只記住「不怪你」；後面講的，並不再聽。甚麼「你行的」之類，臭口趙一向用來鼓勵人的。

後來當事情過去了，我才發現後面的那些話，才真正顯出了臭口趙的過人之處。用現在的話說，臭口趙是個優秀的職業管理人。他很會用人。能利用人的強項，還能利用人的弱項。

其實，臭口趙要我監送李雲並不算過分。去農場後，我曾寫了一首感恩甚麼的詩，忘了是感恩父母，還是老師，還是家鄉……諸如此類，不知怎麼，被農場總部拿去在大喇叭裏廣播了。沒多久，我就成了那種既有責任又沒責任的人——擔任一個小隊的副隊長，管管小隊裏的生活雜事；兼任連隊的宣傳幹事，負責編寫連隊的板報、壁報。兩頭掛，兩不管。頗自在。

又沒多久，又不知怎麼，領導們發現我「會速寫」，而且「口緊」（臭口趙語），我就又多了個差事：農場總部或哪裏有甚麼會議，臭口趙們忙不過來，或認為他們不值當走一趟的，就叫我去點卯應差，回來傳達。

我胸無大志，只有上調（調回市區）是把上方寶劍鞭策著我。所以叫我做甚麼就做甚麼。在家的懶散，出門全成了勤快。更何況開開會甚麼，畢竟少了風吹雨淋。

只是眼前的差事不大好做。

最初知道李雲，是在農場總部召開的一個「批判流氓犯罪分子」的大會上。那個會議雖然放在農閒時節，卻是年底——每年決定上調名單的時刻。那可是比農忙還要忙的事情。臭口趙們需天天關門討論名單。我自然又被派了去開會。那時候我到農場不到一年，上調沒有我份，於是心無掛礙地去了。

到了場部大會堂，卻見人山人海。人們穿得山清水綠，招呼著、拉扯著往前排的位子擠去，節日裏看電影似的。我因為怕坐在後面聽漏了甚麼，也往前去，就不時地被人推撞到。心裏奇怪，這有甚麼好看的呢？

十來個流氓分子大閘蟹似的綁成一串。這中間，有為了發洩恨意，把尿撒在別人熱水瓶裏的；有聚眾毆鬥，擾亂社會治安的；有偷了公家物資去賣了賺錢的；有亂搞男女關係的……不一而足。聽了一會兒，我逐漸搞清了：吸引一些人往前擠的，是一個叫「李雲」的女流氓。

李雲領銜大閘蟹的排頭，胸前的白色紙牌上，墨黑的幾個仿宋體，寫著「大流氓李雲」。「李雲」兩個字，被紅墨水畫上了大大的「X」，剛勁有力。農場有不少像臭口趙那樣早年去的高中生，他們受過較為全面的文化教育。

李雲的罪行在學生時期就犯下了：她勾引男人，而且勾引了無數個男人。揭發的人說，在 H 市的舊區有條小河，小河上有座小橋，小橋窄得只夠兩個人並行而過。李雲的家就住在附近。李雲常在橋上走走站站。只要李雲一上橋，經過這橋的男人就完了，被李雲腐化了。還說李雲要價很低，通常只要一場電影，一盒奶油蛋糕就行了。所以，往那小橋

的男人前仆後繼，綿延不絕。

李雲是大會的批判重點。她不像其他幾隻大閘蟹，人們一喊「打倒」就倒了，跪在地上，又哭又認罪，很快便下場了。李雲不然。李雲站在那兒，筆直，冷漠。

大會似乎很了解李雲，把這難啃的骨頭放在了最後。

你一次又一次腐化我們革命群眾？該當何罪？！主持人喝道。

……我沒腐化。李雲的聲音聽起來不高不低，不疾不緩。頭被人在後往下摁，她卻著力梗著。

打倒李雲！李雲不老實，就叫她滅亡！問者憤怒地喊。

……我洗完頭，去小橋上吹吹頭髮，甩甩乾……

還有！

……別人走過來，我笑笑……給我蛋糕……就——

李雲說到這裏，自己停了口，那神情好像是：後面的，你們知道。

確實，這些內容材料上有。

李雲必須徹底交代！打倒李雲！人們怒吼起來，群情激憤。

李雲的頭被人不時摁下去又扯起來。

……甩甩頭髮……笑笑……扯起來的李雲躲不過，仰著脖子，卻還是那幾句，只是把「蛋糕」換成了「電影票」；「橋上」變成了「橋下」。

李雲妄想蒙混過關！

李雲妄想逃避罪責！

主持人帶頭喊起了口號。

大會顯然知道李雲不是省油的燈，還專門安排了幾個人上臺批判她。有知青，有當地人。都拿著稿件，都義憤填膺。

　　我坐在那裏，邊聽邊做記錄，以備回去傳達。聽著聽著，覺得很多內容是重複的，來來去去就那些。於是，合上了筆記本，打量起眼前這個大流氓來。甚麼人呢，白蛇精麼？竟能使「過這橋的男人立刻就完了」？

　　一細看，卻有點吃驚，我沒見過這種耀人眼目的頭髮。棕黑色，柔密的，一縷縷，微微有些卷曲。在會場直射的大光燈下，那棕色的髮卷像撒上了碎鑽，閃閃爍爍。趁著李雲的頭再次被扯起來的時候，我緊看她的臉，這才看清楚了：在那瀑布似的卷髮下，還有一張五官精緻的臉。那張臉在在恰如其分。特別是那對眼睛，眼瞼上覆蓋著如頭髮一樣綿密、卷曲的長睫毛，極是嫵媚。嘴角旁，一粒綠豆大的痣，胭脂色，襯托得這張臉俏麗而靈動。我看了一會想起來，這就是人們常說的「美人痣」。

　　李雲的眼裏有著一種說不清的神色。後來和她相處多了，我才找到了兩個詞來形容：乖戾、痛苦。混雜著。

　　這樣的臉做演員多好，偏去做流氓。我心嘆。

　　我有點兒信了李雲的交代。那頭髮，那臉，對著男人還笑笑，會發生甚麼事情很難估量。

　　揭發的人差不多過完了，主持人站了起來，開始喊口號。

　　打倒女流氓李雲！

　　徹底批判腐化分子李雲！

批判資產階級思想！

……

喊完口號，主持人拿起稿件來準備講話。憑經驗，我知道這是要做總結性的批判了，意味著會議快結束。我把筆記本甚麼塞進了提包裏。

突然，前面側角有人喊，女流氓別想蒙混過關！交代，你是怎麼腐化廣大革命群眾的？我們要聽具體的！

附近有人「扑哧」一聲笑出來，聲音有點詭異。說，對呀，這樣問才對！這才叫批判資產階級思想！

已經散淡下去的會場氣氛又見蠕動起來。

又有一角有人振臂附和，對，具體的！女流氓必須徹底交代！

又有人喊，交代，一盒奶油蛋糕腐化幾次！

對，一天腐化幾個？交代！

在哪裏腐化，交代！

怎麼個腐化法，用手腐化，還是用嘴腐化？交代！

交代！

交代！

……

◎
女
人
不
歸

東一聲，西一聲，雖零零散散，但此起彼伏。

我驚異地看著會場氣氛的詭異轉變，依稀有點明白了，為甚麼會前有些人竭力往前擠，顯然為著這一齣。

會議結束不了，主持人只好放下講稿，重又坐了下去。

李雲卻是見怪不怪的樣子，似乎早料到了。還是那眼神，還是那不高不低的聲音。人們繼續問，她就繼續答。問

甚麼，答甚麼；問得多，答得多；問得密，答得密；問得不堪，答得不堪。

說甚麼都像說吃飯喝水一樣自在。只是態度依然頑固，問一句，答一句，不問不答。有些問題更是充耳不聞，就是不答。

我聽著聽著理出了些思路：她不肯答的，就是沒做過的。這個流氓似乎不屑抵賴。問的人好像也熟悉，不肯答的，便放過，問下一個問題。

（容我在這裏刪除 N 字，因為李雲交代的事情，怕是如今的三級片也不能容納。）

坐下去的主持人幾次想拿過話筒再行總結，但人們的批判接二連三，他也只能時不時插上一兩句口號。雖然問題愈問愈不堪，但他不能強行阻止。那年頭，誰也不願引火燒身。

雄壯的口號聲不時夾雜著難以抑制的怪笑。

最後，李雲死活也不說話了，問的人似乎覺得問不出甚麼了，會場又漸漸靜了下來。主持人這才抓起話筒，完成總結性批判，會議結束了。

走出會場，人聲嘈雜。感嘆聲、嬉笑聲連成一片。不斷有「不要臉」「真不要臉」的斥責聲夾雜其中。有兩個和我一個方向的男子，在前面竊竊說著話。一人說，誒，上調，上調，又提來幹嘛呢？剛剛輕鬆點，一提就煩了。另一人說，嗤，輕鬆甚麼呀！上次她交代的也是這些，今天還是這些，一點不刺激！

會場人數有限，這樣的批判大會做了全場拉線直播。就

是說有電線杆子立著的地方就有喇叭。住宿區，田野間，公路上，到處都能聽到。我不用擔心有些細節回去難以傳達，臭口趙們其實都知道了。或者他們以前就知道。派我去，只為畫押。

這以後的幾天裏，田間不時爆發出一陣抑制的狂笑。

三

沒想到的是，有一天，李雲卻由遠處來到了近處。

幾個月後，臭口趙被評為全場學習革命理論的標兵。緊接著，場部天降大任，把李雲調來了我們連來改造，給了臭口趙一個理論結合實踐的機會。

李雲來之前，臭口趙給我們普及了一些政治概念。說李雲是人民內部矛盾。她到我們連隊後，日常就像我們一樣，種田、吃飯、睡覺。我們需在日常生活中改造她。

學習理論容易，安排她進小隊卻不容易——小隊長都不肯承擔監管她的責任。

一日，臭口趙就對我們小隊張隊長說，其實這人幹活很行的。張隊長是個唯莊稼是問的本地農人，也就是當時人們批判的那種「唯生產論」者。聽了臭口趙的話，有點心動。來問我，我也懵懂。卻懵懂著說，這勞動力像是白送的哎。張隊長就收下了。

臭口趙倒是沒訛人，田間的李雲讓張隊長竊喜不已。李雲幹活麻利、耐勞，重要的是，她甚麼都肯幹，都會幹。

幹過農活的人都知道，一年四季除了季節性的重活、髒活，還有不少節外生枝、叫人發怵的活。比如半夜突然暴雨，黑咕隆咚的，要去給已經抽穗的稻田放水；凌晨，睡意正濃，突然狂風大作，要去水田把吹開了的秧棚重新覆上棚頂……這種活，一般由男勞力去完成。但小隊裏男勞力就那幾個，女勞力卻用度有限：甚麼月經來了，甚麼怕黑、怕鬼了。張隊長是個結了婚的人，體恤女人的弱處。人手不夠時，只好自己使喚自己。總還是有辦不開的時候。來了李雲，一次就試著使喚她。李雲卻沒有甚麼月經鬼怪之說，站起來就往黑地裏去。完了，那活兒更叫張隊長眼睛放光，讚聲不絕。

如此一次次，張隊長幾乎要感謝臭口趙了。

最初我們小隊各人、包括張隊長，見李雲如此不要命地幹活，暗地裏或多或少都認為，李雲是迫於她的特殊身分。她無奈，她畏懼，她不能不幹。可是，慢慢的發現不是這麼回事。

李雲每每忙得滿頭大汗，渾身泥漿的時候，會發現她的神色混雜的眼睛卻反而清明、有神起來，甚至含著點快活。叫人不解。見得多了，大家慢慢理解了，認為：這李雲和常人不同，她缺了條感覺神經。通常人覺得苦的、髒的、怵的，她感覺不到。由此也隱隱覺出，這人從前的日子是很粗糙的。

李雲來時，我們小隊的女子宿舍恰好沒有多餘的牀位，李雲就被安排在了大宿舍裏——各小隊多出來的人員合成一

室。那宿舍就在我們後邊的樓房裏。樓房與樓房相距很近，順風的時候，我在窗口喚一聲，她就知道要出工了。但那種情況不多，李雲通常早早的就在那窗前看著我們這邊的動靜，我招招手，她就出來了。

一段時間後，小隊的人覺得，這女流氓好像除了生活腐化，其他方面並不壞。這印象，一波又一波地傳開去，成了連隊裏大家的印象。

生活中有些現象很滑稽，大家對李雲的印象改善了，和她的關係卻壁壘分明。日常，出工、收工、開會，人們會一起走，一起坐，勾肩搭背，言談嬉笑。但是絕不會有人對李雲這樣做。

李雲的腐化過往，讓人覺得是塊腐肉，不願沾上。男女都鄙視她。

李雲獨來獨往，田埂上，生活區，形單影隻。日常偶有張隊長和我會和她打打招呼，説上幾句話。內容也不外乎吃飯、天氣甚麼，更多的和幹活有關。而且，總還會有好奇者，見李雲走過，指指戳戳，互相問，這就是那個「公共廁所」麼？

而且，問者正義，並不避嫌。我覺得李雲有時候是聽到的，但她只保持她那種見怪不怪的樣子，視若罔聞。

日復一日，本來，按照推陳出新的規律，長此以往，李雲雖是孤單，但她可能不會再被押去批鬥，甚至成為「改造好」的人。不久，李雲卻給大家來了個措手不及。

◎
女
人
不
歸

有一天，李雲忽然找不到了。前一天收工的時候，大家明明見她像往常一樣，扛著農具、埋著頭，在後邊跟著走。當晚卻沒有回宿舍。

連隊聞訊，帶人去大宿舍了解情況。揭開她牀上的紗帳，才發現她通常掛著的幾件乾淨衣服不見了，這才意識到她是有準備的離開了連隊。大宿舍的人也才想起來，說她前一天早上在牀上「悉悉索索」了很久，出工時，見她勞動服顯得鼓鼓脹脹的，說她可能把乾淨衣服穿在裏面了……

李雲不辭而別！

張隊長和我一時都呆了。

李雲這陣子請假比較多，三天一次，兩天一趟，說去會會朋友。年假很快用完了。可是真要有事，她仍然可以告假的，為何一言不發跑了呢？

過了兩三天，李雲還是毫無聲息。如果是普通員工，會等這人回來批評教育。但李雲是流氓，是改造對象，事情就不能等閒視之了。經過場部、連部一連串的動作，李雲在鄰近的 X 農場被找到了。只因李雲名氣太大，她和 X 農場的幾個人去影院看電影，叫人認了出來。並向我們農場檢舉揭發。

李雲即時被抓了回來。

抓回來的李雲卻死不出聲。問甚麼都當聽不到，不肯定也不否定，叫人恨得咬牙。批鬥完了也只能不了了之。

李雲又被放回了我們小隊。

張隊長受了打擊，黑著臉，但還是給李雲安排幹活。李雲有愧疚之色，不過也只一陣子。依然不解釋甚麼，依然像

以前一樣的幹活，一樣的不辭苦累。

這樣又過了一段時間。張隊長的臉色剛剛緩過來，李雲卻又逃跑了。而且從此開啟了見縫插針的逃跑之路——明明是大夥兒前後腳一起割稻的，割著割著，到了壟頭，卻見她的鐮刀孤零零擱在那兒，人不見了；明明見她進了廁所，很久卻不見人出來，進去一看，廁所的後窗被鐮刀撬開了……

抓回來，又逃跑；再抓回來，還是逃跑。她的逃跑之術詭異多變，叫人防不勝防。

針對李雲的情況，臭口趙召開了幾次會議，分析李雲逃跑的原因。張隊長和我自然也被一次次地叫去。張隊長有點後悔收下李雲。為了她，我們耽誤了不少功夫。不過他一直沒有說退回李雲的話。我在他的口風裏聽出來，他寄望突然變壞的李雲也會突然變好。

◎
女
人
不
歸

我在會上知道了李雲家裏的一些情況。李雲的母親在李雲出生的時候，難產死了，父親另外成了家。繼母先對她還好，有了自己的孩子，開始嫌棄李雲。李雲便交由奶奶撫養。李雲的父親是普通工人，經濟捉襟見肘，因此對李雲和她奶奶基本不管不顧。奶奶逐年老眼昏花，家裏沒有正常收入，少年李雲有了第一次失足，以後就不斷失足。最後成了人人喊打的女流氓。

青少年墮落的典型例子。大家嘆息。

有人說，哪能曉得生，不曉得管呢？有人說，老奶奶也蠻作孽的，一把年紀還攤上這種孫女；還有人說，可惜了伊張面孔，本來說不定可以做電影明星的……

這點倒和我想的一樣。

臭口趙把面前的一疊資料翻來翻去，嘩啦嘩啦。農事正忙，白天已經很累，晚上還要開這種會議，令他煩躁不已。他敲敲桌子說，講啥呢講啥呢？分析分析，分析分析。

怎麼分析？大家面面相覷。自打李雲來了我們連隊後，可說是表現不錯，自己還顯著快樂；H市那邊她的奶奶也一切正常。甚麼事情吸引李雲逃跑呢？而且還要千方百計。簡直莫名其妙。

臭口趙手指篤篤那疊資料說，每次抓到李雲的時候，她都和X農場那夥人一道，本島，H市，外地⋯⋯亂竄！那都是些甚麼人？吃喝嫖賭樣樣齊，有幾個也是常常被批鬥的！一幫子人一道逃避農忙⋯⋯

有人頓然醒悟，那還分析甚麼，李雲不就是離不開她的老路子嗎？貪圖享樂！

大家的思路一下子清晰了，對呀，李雲這是走回去了！過了一段齋日子，還是離不開吃葷！

一通百通，嘆息更多了，氣氛有點像輸了一場拔河比賽。有人說，狗改不了吃屎，這種人怎麼改造？把她退回場部算了！也有人反對，說多一個勞動力多一份公糧上繳，李雲卻是場部白送的，而且她幹活真心不錯⋯⋯

這部份人自然包括張隊長。

這種爭論令臭口趙更為煩躁，連連篤桌子，說，退不退由我們做主嗎？真是！

眾人收聲，確實是。復又茫然。有人嘆氣，索性是敵我矛盾反而好解決，送伊坐牢去，一了百了！

臭口趙皺皺眉頭，話也懶得說。聽了一會，都是牢騷，沒點建設性。嘆口氣，只好開口，說，放棄容易改造難，我們要積極些。

張隊長比較實際，說了個兩全其美的方法：嘎忙，捉來捉去，浪費人工。我看由得伊去，閒時再捉。

臭口趙氣惱地說，那不是助長了歪風邪氣麼？叫群眾認為我們拿流氓沒有辦法！

也是。

既然這樣，大家也就不再說無用的了，只討論如何繼續派員抓李雲。

整個會議，臭口趙語言鏗鏘，神色卻是疲累的。我估計他比任何人都想把李雲退回去。

李雲這個新的作為激怒了臭口趙，更激怒了農場。鬥爭她的大會頻密了，升格了。抓回來的李雲不但穩居大閘蟹之首，而且有了新的待遇——剃陰陽頭。

這在當年時興的一招，卻起了意想不到的作用。再押上臺來的李雲，臉色蒼白如死。那頭閃亮的黑金曲髮不見了，只見井字阡陌，黑白相間。頭髮雜草一般，一簇簇，短促支楞。掙扎間，這怪異的髮型把那張蒼白的臉也連帶得猙獰起來。

李雲再也沒有了以前那種見怪不怪的氣勢。一到臺上，她就死命地把頭低下去，低成一種鑽入地縫的姿勢。人們擬「讓革命群眾看看你醜惡的嘴臉」，扯起她的臉來，卻發現不太容易做到——那頭髮太短，無處可揪。好不容易揪到些

了，李雲卻拼死掙扎，幾次因此跌倒在地上。

她再也不肯像以前那樣仰起臉來對著人們，也不像以前那樣不在乎交代了——她根本甚麼也不說，裝聾作啞，嗯嗯啊啊。問她為何逃跑，她只答兩個字，想家。再問，還這樣答。沒其他話。那些很多人耳熟能詳、難堪莫名的小橋細節，如今就是撬斷了牙根也一字不吐。

李雲只一個勁地往地縫裏鑽去。

這個新情況倒讓人一時不知所以，鬥爭會開得不太理想。不過對於新進農場的年青人，教育意義還是有的。H市，每年一屆又一屆的學生分配進農場，李雲是個反面教材。

李雲卻不再逃跑了。

李雲被從大宿舍搬了出來，獨自住進一個廢棄的小倉庫裏。小倉庫附近是農具、穀種大倉庫，日夜有民兵巡視，順便也就監管了李雲。李雲幹活也不隨我們小隊了，她被派去專門掏廁所、為連隊建造中的新宿舍搬磚頭等等。這些活兒都在連部附近，前前後後，都有民兵看守。

臭口趙是個精於計算的人。他始終沒有專門調派人手監管李雲，李雲卻時刻有人監管著。

不過，大家很快發現，不用監管，李雲其實也不會逃跑。李雲像被暴雨打過的瓜藤——蔫了。她把自己縮成一小團。吩咐她甚麼，埋著頭；幹活，埋著頭；飯堂打飯，埋著頭……收工後，回到她那小倉庫裏，就再也不出來了。監視她的民兵說，中午見她總是買兩份飯菜，餘下的，估計就是晚飯。

不知誰先醒悟，說，咦，原來她怕醜啊？原來怕陰陽頭！

臭口趙們倒也鬆了口氣，歪打正著。於是，叫出工時也不許李雲戴草帽。

幾個月後，卻沒有留意到李雲的頭髮茂盛如初，她又逃跑了。

這一下，卻證實了她的死穴。李雲的頭髮稍見長好，就有民兵摁著，給她剃了陰陽頭。稍見長好，再剃。

果然，她逃跑的次數驟減下來。

四

「庖丁」原名叫丁一，原是我的中學同學，都被分配去了郊區農場。剛到農場時，丁一和我們一樣，日出而作，日落而息。幾個月後，他卻被調去了連隊飯堂工作。那時候，做飯可是個美差。我們幾個同學恭喜他，說，「日曬雨淋揮茲去，卻有肉香撲鼻來」。別人嬉笑，丁一也嬉笑，說，庖丁而已，庖丁而已。由此得了個「庖丁」的別號。日子一久，他的真名反而沒人叫了。

在學校時，我和丁一面熟陌生，很少打招呼；異地而處，卻莫名其妙有了說不完的話題：舊同學、舊老師和舊日子。相熟後，我覺得「庖丁」這稱呼對丁一來說太合適了。因為，世界和丁一從不相撞，或者說丁一和世界從不相撞。丁一總能在瞬息萬變的世界裏覓得一席之地，並且游刃有餘。

一日酒後，只剩我倆，丁一說話輕鬆起來。他笑說自己其實從來不會做菜。我以為他酒後胡言，心想，不會做菜，怎得美差？

又一日，他嘴一滑溜，我這才知道，我的詩上了農場的廣播、領導知道我甚麼「會速寫」「口緊」等等，原來都是他的作為。

我大驚，問，怎麼回事？他笑說，怎麼回事？你現在是不是少了風吹雨曬？

這倒是。我點頭。

寫寫黑板報、開開會，是不是爭取表現，是不是上調快些？他又問。

也是。我又點頭。可是你怎麼做到的呢？我急著反問，我實在好奇。

他大笑，說，你啊，學著點！遂正襟危坐，準備教我。未開口，卻又停住了，沒信心的樣子笑說，算了算了，你這種人是學不會的。

自始自終，他沒告訴我他怎麼做的。但庖丁在那幾年裏確實幫了我不少俗忙，令我這方面的短板沒太露拙。

對於我監送李雲之事，庖丁強烈反對。說這事肯定要搞砸，而搞砸了，肯定會影響我上調。我把臭口趙說的「不怪你」的話告訴他，他冷笑，模仿臭口趙的語氣說，……真逃跑了不怪你……你行的，自信些——全都是模棱兩可的話！這樣的話你也信？庖丁重重嘆了口氣，說，唉，怎麼說你才能明白呢！

我不太以為然。我憑直覺行事。就過往的情況看，我認

為臭口趙算是個説話可信的人。

臭口趙吩咐我帶上李雲的時候，正值李雲的頭髮已然豐茂，進入高危時刻。

有人建議把李雲的頭髮剃了。臭口趙卻一口否定。説見她奶奶不能這樣。老奶奶已經暈過去幾次，不能再受刺激。我雖然擔心此趙難為，但也贊同臭口趙的説法。

早春時節，天氣寒涼。臭口趙叫人把李雲的雙手綁在背後，外面扣上一件外套。這副樣子，不仔細看倒也看不出甚麼，和常人差不多。臭口趙對我説，看看，綁住了，牢靠了吧。我心想，牢靠甚麼呀，跑路用腳不用手。但我還是點了點頭。知道在這件事上，臭口趙已經用足心機。

庖丁見事已至此，不再多説，只爭取了一個差事：和另一個民兵一起，用拖拉機把我們送到碼頭。

庖丁一路悄聲叮囑我，小心點啊，那麼多民兵都看不住她，知道她有多狡猾吧？你就用死辦法，死盯著她！別讓她離開你的視線。一到 H 市碼頭，就叫個出租車，「遽」一下把她送到家，你的任務就完成了，知道吧？至於以後她跟不跟你回農場，不關你的事知道吧？你開會一星期，那一星期裏她就是跑去天邊，你也沒辦法的是吧？不是你的責任知道吧……

我這會兒有點感動。這時候的庖丁焦慮、緊張，顯得很真實、很質樸。

我説，知道知道。

送我們上了船，臨別，庖丁又走去李雲身邊，狠狠地

説，老實點，不要害人！這才走了。

自始自終，李雲一聲不吭，任人擺佈。最初，見是我監送她，她稍稍愣了一下。本來在小隊裏見到我，她總會朝我笑笑、點點頭。這會兒，卻像不認識我似的，埋下頭，看著地上，毫無表情。

這艘船僅僅來往 H 市市區和郊區農場。農忙時節，船上的人不多，很多空位子。我在底層靠窗的一處停下來。長條椅子，一排四個位子。我讓李雲坐進去，裏面靠窗；我自己坐在外面，靠過道。又把我們兩個的挎包放在我們中間的空位子上。坐穩後，我稍稍鬆了口氣。這是最為安全的坐法——我和行李把李雲堵在了裏面。

李雲可能看出了我的想法，撇了撇嘴角，沒說話，照我說的坐了進去。

船轟隆轟隆起錨後，便鳴叫著向 H 市駛去。天氣很好，窗外晨光曦曦，江水茫茫。我們搭的是早班船，船到 H 市，約兩個半小時。船上的人，有的拿出早點來吃，有的簇起頭來聊天，有的獨自瞪眼發呆……位子沒坐滿，艙裏的人散散而為，一簇簇，一點點。

我一個人來回時，常趁這個時間打瞌睡。這趟卻不敢。只能打醒十二分精神坐著。想看看船外的風景，船窗狹小，靠窗又坐著李雲，看不見甚麼；也沒書看。為了這個特殊任務，我減輕了行李，只帶了幾件換洗衣服；和李雲聊天吧，如今的她，能聊甚麼呢？開啟了逃跑之路後，她便把所有的人推向了對立面。

正不知如何打發這時間，看到前排有一張前一班船丟下的報紙，便探身拿過來，隨手翻著。讀物不入神也有好處，我可同時留神邊上的李雲。我當然怕真像庖丁説的那樣「搞砸了」。

果然，不一會兒，李雲對我説她要上廁所。我説，不行。上船前，那位女民兵就想到了這問題，帶她去過了。還叮囑我，船上別給她喝水、吃東西。

兩三個小時，忍忍就到了。我冷冷地加一句。

她愣了一下，不再説話，兩眼對住前排的椅背，僵直地坐著。雙手綁在背後，令她身板直直的。

以前我對她總是笑咪咪的，現在的樣子她沒見過。可是，現在我敢笑嗎？

我倒是願意和她聊聊天。我和小隊裏的人印象一樣，這個人骨子裏不壞。可是剛改善了人們印象的她，卻忽然又走了回去，真是可惜。卻不知道她發生了甚麼事。

你奶奶這次暈厥很突然，以前身體好嗎？我試著説。

她可能吃驚我突然和她説話，也吃不準我這話裏有甚麼意思，她謹慎地「呃」「呃」了幾下，最後説，奶奶以前身體不錯，只是偶然會感冒、腰骨痛甚麼。

説起奶奶，她的眼神有了點蠕動，現出痛苦和擔憂。

我看出她和她奶奶的感情很好。繼續説，你奶奶有甚麼慢性病嗎？

沒有，查過的。

那就別太擔心，身體底子好就不用怕。這次回去帶奶奶去醫院查查，搞清楚原因才好。

嗯。他們說奶奶老是暈過去，就怕……唉！

我想起有個朋友的爺爺的情況，便說了給她聽。說那老人也像她奶奶一樣常犯暈厥，後來查出來只是營養不夠，貧血造成的。

調理調理就好了，現在那位爺爺可生龍活虎呢！我安慰她。

真的啊？不是大病就好了！她眼睛亮了起來。

……別怕，現在醫道昌明。另外，我們做小輩的如果能讓老人家開心……說著說著，我想把話題引向我剛才想到的問題。李雲讓人覺得太可惜了。如果她像最初來小隊時的樣子持續下去，她完全有機會成為正常人。

正說著，卻發現她不自在地扭動起來，身子慢慢地往下滑，綁著的雙手卻限制了她的下滑；同時，她又盡量伸直脖子，令她的頭高高抬著。

那樣子很怪異，像在躲避甚麼，又像在展示甚麼。

順著李雲的目光，我發現了原因。船艙前排有幾個人，一會站起來、一會坐下去，不斷回過臉來看我們這邊，又不斷簇起頭來談論甚麼。狀況很熱烈。

雖然他們距我們較遠，但船上人少，那邊的情況清晰可見。

我問李雲，那些人你認識嗎？

她搖搖頭。

她那神態不像說謊。再看看，我明白了。李雲的名氣太大，叫人認了出來。我想起了那次批鬥會的情況，人們為了看清楚她拼命地往前擠。李雲的頭髮雖然已如常人，但是手

被綁著，外套的袖子空落落的。留意看，還是能看出來的。

此刻李雲眼裏的痛苦和擔憂沒有了，只留下乖戾。她的眼睛並不迴避那些人，她和他們對望著。她仍以那種奇怪的姿勢竭力著：頭往上，身子往下。我想起了她被剪了陰陽頭後，在臺上要鑽入地縫的樣子。忽地悟出了她那姿態的含義：她的頭髮已經長好，所以不避人；但她被綁著，不願被人看見，身子就往下墜。

既做流氓，還在乎這些？我心嘆。

我想了想，對李雲說，你坐好，我把繩子解開。

李雲吃驚地看著我，不相信似地坐起些身子。我伸過手去，在她虛掩的外套裏摸索了一會兒，找到繩頭，猛然一扯，繩子如軟皮蛇似的掉落下來。

我曾經細細地看過這種繩結。這是一種活結，島上農民以此活結法綁紮東西，既結實又易解。臭口趙要給我壯膽，卻也要我「到她家門前解開，別叫她奶奶看到難受」。所以我學會了解開這種活結。

一切就在那些人的頻頻回頭中、不動聲色地解決了。

李雲沒了束縛，挺了挺身子，像常人那樣坐好了。她依然有點吃驚，不斷覷覷我，幾次張口想說甚麼，但終於沒有說出來。

我把繩子繞成小團，放進邊上的背囊。說，要逃的話，手腳都綁住都沒用的是吧？

她尷尬地笑笑，張了張口要說甚麼，還是沒有說出來。

她定下神來，她的臉對住了前面，眼睛似看非看那些人。少頃，只見她把手臂抬起來搭在椅背上，然後臉對著窗

外，悠然狀，像是在看風景。

這種船艙裏的椅背不像普通椅背，造型很高，人即便坐得很直，手臂搭在上面也是蠻吃力的。但李雲就那樣高高地搭著，還做出很愜意的樣子。

好一會兒，她面向窗外的茫茫江水，眼睛卻不斷斜覷前面的人。

前面那些人還在你起我落中，其中有人有了點疑惑。他們簇起頭來說了些甚麼，接著又是一輪快速的站起來、坐下去；一輪快速的回過臉來、回過臉去。

我看見李雲索性站了起來，身子轉來轉去地觀望船艙，然後發現了甚麼似地，大聲說，咦，今天人怎麼這麼少呢？

我有點想笑，但抑住，答，人少，我們才有座位呢！

前面的人終於看清楚了，可能也聽見了，顯然覺得正常情況就沒啥好看的，一個兩個失去了興趣。回過臉去，不再注意我們。

見此，李雲才坐了下來。姿勢正常了，手臂自然就擱在了腿上。搭在高高的椅背上，畢竟是累的。

我還是和李雲聊天。我說起了回 H 市最想吃的東西。說我媽做的燜烤麩好吃極了，說醃篤鮮怎麼做，又問她最喜歡吃甚麼，她奶奶會煮甚麼。

李雲慢慢地跟我說起了她的童年，她剛出生就已歿去的母親，父親和繼母，她和她奶奶的生活。最後聲音輕了，……後來……後來……你知道的。

她不再往下說。

她說的和我知道的差不多。我衷心說，你剛來我們隊的

時候多好啊，張隊長很高興，大家都說你好，可是你卻⋯⋯唉，真可惜！為了甚麼呢？

她張了張嘴想說甚麼，卻止住了。我試探了幾次，她還是避開不說，顯然是個不能觸摸的話題。我也只好止住，說回醃篤鮮。

這時候，尷尬的事情發生了：我自己想上廁所。上船前女民兵帶著李雲如廁，我和庖丁去張羅船票甚麼的，我們都忽視了一點：監看著李雲，意味著我自己在船上也難以如廁。

我尋思著此刻這一動彈可能帶來的風險。

我說，我要去廁所，你去嗎？

李雲不好意思地說，我剛才是要為難你，才⋯⋯但她立刻想到了甚麼，改口說，我也可以跟你一起去的。

帶她去又怎樣呢？總不能為了死盯著，和她在一個廁格裏吧？我下了決心，說，你想去就去，不想去就在這裏看著行李。

她琢磨著我的意思，少頃，遲疑地說，那我就在這裏看著行李？

我點點頭，去了廁所。

偏偏廁所前大排長龍，說是樓上的廁所壞了，都下來這層。我只好排在人龍中，內急也心急。我有點後悔給李雲鬆了綁。鬆了綁的她，手腳自由，確實方便多了。更重要的是，鬆了綁的她如果失踪了，我便負有絕對的責任。我有點焦躁起來。可是，想到給她鬆綁後，她那乖戾的眼神變得清明，也能像常人般對話，那感覺又不斷地安撫我。

廁所在船艙的尾部，距離我和李雲坐的地方不算遠，但

排的隊伍卻被設定向甲板另一邊拐去，我和李雲的位置由此成了「L」型的兩頭——我看不見她。我想走出隊伍幾步，探身看看船艙裏的李雲，但排在後面的人不好商量。那人慌急急地瞪著眼，恨不能趕走前面所有的人，裝著沒聽到我説話。

好不容易輪到我。我匆匆如廁，匆匆洗手，匆匆往外趕，只怕見到我們那位子空了！衝到外面，我噓了口氣——那邊，李雲默然坐著。

江面起風了，船有點搖，點點簇簇的人們，此時輕叫著，晃動著。我扶著沿路的椅背，穩住身子向她走去。因為座位的方向，她背對著我，我見她一個手臂抬著，抓住前面的椅背，穩住自己；另一個手臂橫伸著，護著我倆的行李，別給晃下地。近午的陽光躍進船艙，隨著波浪，在她的頭髮上跳躍。頭髮已經長到遮耳，因了天然卷曲，彎彎的，掩蓋了內裏的縱橫交錯，閃閃發光。

船艙邊上有個小賣部，我順手買了兩支飲料。

你去了好久。她看了看我，接過飲料。

二樓廁所壞了，人很多。我也看了看她，想在她眼睛裏看出些甚麼。

喔。她簡短地説。

我坐了下來。

我悄悄瞥了一眼行李。記得剛才為了放繩團，我把自己的拎包放在了她的上面，拎包的拎手垂落在向外的椅邊。現在沒有變化。

我又看了她一眼，很想問她些甚麼，但沒有説出來。

我們默默地吸吮飲料。

吸完了，她對著椅背，垂著眼簾，把飲管在嘴裏咬來咬去。咬扁了，又側過去咬扁……有幾次，她鬆開飲管，要說話的樣子，但又忍住了。

折騰了半天，她終還是說，你讓我一個人在這裏，不怕我逃跑啊？

我想了想說，你不會的。

為甚麼？她不看我，咬著飲管問。

我說，你逃跑了，我就有責任，你不想這樣。

她埋著頭，繼續咬吸管，沒說話。顯然認同了我說的。

我們都沒再說話。

我把李雲送到了家。我們走過那「聞名」的小橋，李雲覷了覷我。我當然記得這小橋上的故事，但不露聲色地走了過去。

李雲的家甚是破敗。果是 H 市人嘴裏最窮困的舊區。水泥搭成的簡陋小屋，門楣很低，如個子高些，要彎下身子才能進去。街外陽光燦爛，屋子裏面看去卻是黑乎乎的。

我不知道李雲的奶奶對李雲的事情知道多少，沒進屋子。遠開幾步，我對李雲說，如果奶奶情況良好，一個星期後我們在碼頭售票處等，一起回連隊；奶奶如果不見好，你給我個電話，我們再看看怎麼處理。

李雲垂著頭聽著，最後說「嗯」。聲音輕得幾乎聽不見。

我不太有信心，但也只能這樣了。

我轉身離去。只聽見背後傳來李雲急切的喊聲，奶奶！

奶奶！

另一個聲音也喊，丫頭，丫頭，你回來啦！蒼老，虛弱，滿是驚喜。

原來叫丫頭，我莞爾。

當晚，庖丁打來電話。我告訴他李雲已經到家了，他大大鬆了口氣，説，好，好，任務完成了！又高興地問起船上情況，我告訴了他。沒説完，他卻已大驚，聲音都變了，你呀你，這麼一來，如果李雲不跟你回來，你就可能有責任了呀！人家會説你給她鬆綁，你助長了她逃跑的氣焰呀！人家正吃不準她為甚麼逃跑成癮，正在找原因呀！人人都想上調，都想把別人擠下來，甚麼都可以扯在一起説的呀……

等庖丁稍稍喘息的空隙，我把自己如廁後，行李狀態沒變化的細節描述了一下。説明李雲絲毫沒有逃跑的意思。

庖丁不以為然。説那只是因為逃來逃去還在船上，還是可能被抓的，李雲才不笨呢。

他説的有一定道理。但李雲是誰？她真的想逃，還能沒辦法？她的逃跑花樣我們都見識過。但庖丁是好心。我只好説，事已即此，看看再説嘛。

庖丁洩氣，説，你呀你，做事總是欠考慮，又心軟又糊塗！

後面的電話，庖丁憂心忡忡。説起他最喜歡吃的廣式煙倉魚，説起他家裏帶給他的東西幾時給我送來……他都心不在焉，只偶爾「嗯」一下，虛應著。

一個星期，我沒有給李雲電話，不想讓她覺得我盯著她。事後庖丁問我為何這樣處理，我自己也不清楚，說憑直覺。不想把李雲盯毛了。

　　一個星期，李雲也沒有給我來電話。

　　一個星期後，我按著說定的時間去了碼頭。心想，不見李雲，再作打算。下了車，卻遠遠看到李雲已經在售票處等了。她背著來時的那個挎包，四處張望。

　　看到我，她高興地笑了。剛到她跟前，立刻就告訴我她奶奶的情況。說醫生診斷她奶奶的連續昏厥果然是長期營養不良的原因。要他們中醫調理和營養食物結合，說沒有大礙的。又告訴我，她父親和繼母知道這情況後，終於願意接奶奶去他們家住了。因為兩個弟弟已經工作，經濟不錯⋯⋯李雲急急地說著，神情不乏輕鬆。

　　這是個大好消息，或能從根本上幫到李雲。我為李雲高興。

　　你沒想到陪奶奶多住幾天？

　　她垂下頭笑笑，說，想過，但⋯⋯還是跟你一起回去比較好。

　　我看了看她，知道她話裏的意思。

　　我和李雲順利回到了連隊。

　　臭口趙見到我，不斷地笑，說，我說你能行吧，看看，行了！

　　庖丁又意外又高興。人散了他告訴我，為了減輕我鬆綁可能帶來的惡果，他找了個臭口趙遲來打飯的機會，給臭口

趙打預防針——說這說那間，把我給李雲鬆綁的事稀釋了進去。不過，他把我要去廁所，換成了李雲要去廁所。我是迫不得已才給李雲鬆了綁。

說到這裏，庖丁神秘地頓了頓，說，你說奇怪吧，臭口趙聽著，只是咪咪笑，好像沒有聽到甚麼鬆綁不鬆綁。真的，他聽著不說話，就是笑。好像我在說甚麼笑話。最後，臭口趙說了句莫名其妙的話：其實啊，這個李雲就是個吃軟不吃硬的傢伙！說完居然走了。

庖丁敘述完，嘆了口氣，說，直到你順利回來，我前後想想，才明白了那句甚麼「吃軟不吃硬」的意思——現在你明白了吧？

不明白。我說。

庖丁用手篤篤我額頭，笑，早就說你教不會的啦！很明顯，臭口趙本來就估計你會做類似鬆綁之類的傻事，這就叫糊塗人有糊塗人的用處啊！

我有點明白了。

庖丁抬眼遠望天際，兩眼虛空，嘆，天外有天啊，這臭口趙是高人，高人呀！

李雲回到連隊的當天就被剪了頭髮，可是頭髮長得差不多的時候，還是神奇地逃跑了。

臭口趙怒極無語。終於採納了張隊長的意見：有空閒才派人去抓李雲。

五

不久，我又去了那個理髮店，修剪修剪髮型。

一束暗紅見到我很高興，說，坐，坐。頗為熟悉地問我，還是上次那位師傅？我說，對啊。一束暗紅說，等候她的人比較多，時間可能……我說，今天我休息，時間久點不要緊。

我自動自覺去那排椅子上坐下了。心想，好的理髮師自然等的人多啦，何況我今天不只是為了剪頭髮，不怕等。

這些日子，我走過理髮店，總是由縫隙裏往內看看。那個我想看到的身影卻一直沒見出現。今天有時間，帶了本書來看。反正在酒店裏也是這動作。

我坐著，才第一次細細地打量這店鋪。店鋪呈長方形，沿牆都是鏡子和高背理髮椅。店鋪中間是各種電髮用具：椅子架子、電髮頭罩甚麼。

這安排挺合理。剪髮的在四周，電髮的在中間。電髮不需要鏡子，椅子、架子也都低些，窩在中間。全店互不擋眼，一目了然。

剪髮的、電髮的師傅們都穿著湖藍色工作衣，身子彎下抬起地忙著。

就是沒有李雲還是何雨的身影。

我心想，不是說女兒在這裏嗎，她怎麼這麼少來？正想著，忽見一束暗紅對著門的臉，笑意濃了。我順著看去，嘻，那不就是李雲還是何雨嗎？

和照片上很像的李雲還是何雨走去一束暗紅身邊，悄聲

問，今天怎麼樣？

一束暗紅用眼睛在店鋪四處走了一圈，得意但也悄聲説，你看看！

等候的椅子排在門的側邊，面向半圓櫃枱。所以，我只能看到她的後背。在她轉身四顧的時候，有一刻和我是面對著面的。我看著她，這是李雲呀，她的真人更叫我覺得這就是李雲。

但她的眼神只是滑過我的臉，並沒有留意我。她環顧了一圈店鋪後，滿意地笑了，説，嗯，不錯不錯。又親暱地拍拍一束暗紅的肩頭，往鋪頭裏面走去了。

或者這位何雨只是個很像李雲的人？我暗忖，又或者我看起來很老，她認不出我了？看著她的背影我想。李雲還是何雨穿著一件做工考究的黑色長風衣，提著一個也是黑色的精緻大手袋。步履自信、篤定，全然一副老闆的氣勢。這樣的背影，和以前的李雲確實是天差地遠。

理髮師們見到她，此起彼伏和她打招呼，她也一一點頭算作問候，最後消失在店鋪深處的一道米白色門簾裏。我估計那是他們的更衣室或休息室之類的。

終於輪到我了。

女理髮師見到我很高興，説，謝謝你記得我啊。相熟的師傅果然有好處，不用多話，她就開始為我修剪。一邊剪著，一邊和我聊著流行的髮型、髮色。

我聽著，眼睛卻留意著那米白色的門簾。果然，一會兒，李雲還是何雨走了出來，她也換上了一件湖藍工作衣。她往大堂掃了一眼，然後向一個理髮座位走去。那座位在左

邊那排位子的盡頭，有點距離，我聽不到那邊的聲音，但在鏡子裏能看見那位置。

那裏坐著個頭髮灰白的男人，身板筆直，斯文整潔，看起來有了點年紀，人卻精神奕奕。他已經洗好了頭，似乎在等著李雲還是何雨過去。看見了她，那男人臉上立刻浮現出笑容。李雲還是何雨也笑了。他們似乎很熟悉。她邊給他圍遮布，邊就和他聊起天來。那人的頭髮和我一樣，不太亂，顯然也是常修剪的。她精細地給他剪著。前後左右地看看，梳梳，剪剪，再看看，再剪剪。兩人不停地聊著甚麼，又不時地笑起來，很快樂的樣子。

李雲還是何雨的剪髮手勢很純熟，每一剪下去，看著都恰到好處。顯然她在這一行打磨了很久。

我注視著她。她的動作、笑的樣子、那塊痣，我愈看愈覺得她就是李雲。

有一刻，李雲還是何雨笑著，直起身子，眼睛一抬，正好對住了鏡子裏我注視著的目光。她禮貌地笑笑，接著垂下眼簾，彎下腰，繼續修剪。不過，少頃她又抬起眼來，又看了看我，又禮貌地笑笑，又埋頭修剪。

我卻看出來，這後面一眼是留了神的，笑也顯得有點倉促。

可她在繼續做事。還是和那人聊天、剪髮、說些甚麼，沒事一樣。那樣子令我幾乎沒了信心。或者世上真的有長得很像的人。她的連續看我，只是因為我在連續看她。

我只能順其自然，一聲不吭理髮。又過了一會兒，我看見她直起身來去換剪子，回過來的時候，她把自己換到了客

人的側面。這樣，她就能夠面對著鏡子裏的我了。她彎著腰給客人剪髮，客人的身軀把她遮住了。我還是看到，她一邊剪，一邊不斷地覷我。這覷卻是細緻、凝神的。

覷了一會，她似乎有點發楞，手上的動作停了下來。

我想，她到底還是李雲，她認出我了。我向她笑笑，正要揮手打招呼，她卻旋即轉去了客戶另一邊，把背脊對住了我。並且彎下身去，全神貫注地為那人修剪。

至此，鏡裏鏡外，她沒再看過我一眼。

我深覺奇怪。

女理髮師注意到了我的目光，笑了，說，你還記得吶？對啦，那就是我們老闆。髮型怎樣？我叫她一會兒過來這邊，你欣賞欣賞，她人很好的。沒等我回答，她往那邊走近兩步，喊，老闆，你忙完過來一下啊。

那邊，李雲還是何雨用食指和拇指圈出個「OK」，只在鏡子裏看了看理髮師，並不看我。也沒回過臉來，只是忙。

我定下神來坐好。不管是不是李雲，不管她有沒有認出我，面對面，就甚麼都清楚了。

你們老闆自己也需要給客人剪髮嗎？篤定了，我閒聊起來。

不用。……噢，你說那人啊？那不同。那人脾氣古怪，他只要老闆剪，不要別人碰。

喔？

有一次老闆來店裏，正好有空，給他剪了一次，以後他就不要別人剪了，來了只等她。

你們老闆不常在這裏，他怎麼等？我心想我來了幾次，

今日才第一次見到那個李雲還是何雨。

所以說他古怪嘛！他說自己住得很近。來了，見老闆在就坐下；老闆不在就走。大家也不願得罪他。他剪得很勤快，而且一剪就是全套，最貴的那種。所以老闆知道他來了，也會特意過來。有生意嘛。

也是。

聽說那男人是甚麼中學的校長，退休了，有的是時間。

怪不得。

……

有一刻，理髮師為我修剪額髮。她在我臉前彎著腰，細細地剪著梳著。我閉著眼睛，生怕碎髮飄進去。等我再睜開眼睛，卻發現那邊的李雲還是何雨不見了。四周看，也不見。

我狐疑地說，你們老闆呢？

女理髮師也四處張望，也奇怪，說，咦，人呢？往櫃枱那邊看，那灰白頭髮的男人正在結賬。她嘟噥，咦，今天怎麼剪得這麼快呢？又四處望了一圈，猛然醒悟，指指那邊米白色的門簾，說，肯定去那裏忙了！

我說，換衣服走啦？

不會。她一來，總要呆半天。喔，那裏穿過去，還可以到我們的新店吶！我們老闆把隔壁的店面也租了下來，現在正在裝修，她來了就會過去那邊查看進度。

我說，那她一會兒還從這裏出來嗎？

一定的。那邊的正門還沒開。理髮師說。又告訴我，以後店裏除了理髮，還增加了美容、按摩甚麼。

我説，那不錯啊。也告訴她，我是公幹來這裏的，住得很近，就在街前那酒店。日後還可以來這裏做美容、做按摩。

理髮師很高興，説，來嘛，來嘛，熟客有折呢！又告訴我，新店下個月開始營業。她也學過按摩，打算日後休息的日子也去那邊做按摩，掙加班費。

我説，那更好，我找你就行了。

……

東拉西扯又聊了一會，頭髮剪完了，也沒看到那個李雲還是何雨走出來。

女理髮師很負責任，我在鏡前打量髮型的時候，她去了門簾後。過了一會兒，走出來卻説，原來老闆已經走啦，説別的鋪頭有事找她。理髮師有點歉意，説，下次吧，下次。她常來這裏的。

一束暗紅還是在我的找贖裏塞了張名片，還是笑著説，常來啊你。

我説，好，好。

我走了，困惑不已。

六

那年，當大家對去不去抓李雲已經深感厭倦的時候，李雲卻自己回來了。她不但自己回來，還帶回來一個男人，帶回來一個還在肚子裏的小生命。

兩人剛在附近的車站下車，消息就傳開了——菜園班的人看見了。他們像看見了天外來客一樣驚奇，在田埂上走過，見是我們小隊，就大喊……兩個人呀，手拖住手，大包小包的吶……又用手隆住嘴，聲音輕了些，那女的好像大肚子嘞！

我們原聽得一愣一愣的，這下更楞，追問。說的人卻又不自信了，擺擺手，要脫身，邊走邊說，吃不準吃不準，反正肚子看起來是突出來的。

菜園班多是些老弱病殘者，出工晚，常會看到些別人看不到的事情。由此得意，不時給事情添油添醬，加強效果。

收工後，臭口趙把我和張隊長叫去，證實了這消息。說李雲回來辦理結婚證書，並申請小家戶住房。

這個變化可謂翻天覆地。逃來竄去的她，忽然自己回來，還要成家住下來。一時間，聽得我們都糊塗了。

連隊造了不少叫「小家戶」的房子，專門撥給結婚成家的人住。有小戶型的，兩房一廳；還有中戶型的，三房兩廳……都是簡陋的磚瓦房，但廚廁俱全，比我們集體宿舍強多了。我們四張鐵架牀，上下八個人；日常是公廁和飯堂。

小家戶的條件好多了，但房子造的多，住的人少。因為結了婚的人是不能上調的。

臭口趙說，不管怎樣，她要好好做人，我們甚麼時候都歡迎。

嗯。我和張隊長都點頭。

連隊決定給李雲一套房子。小戶型，最舊也是最偏遠的一套。臭口趙解釋，李雲的老公是其他農場的，正在辦理調

動手續來我們連隊，不能算一個戶籍；孩子還在肚子裏，也不能算戶籍。所以兩人先住著，以後慢慢換。

事情出人意料，但臭口趙充分顯示了他處變不亂的做事風格。迅疾、淡定，三下五除二，處理好了李雲的事。說話間，我發現臭口趙幾次嘆氣，心裏有點奇怪，但是沒問。臭口趙這樣的人，要說的，自然就說了；不說的，問也白問。

李雲還是被派回了我們小隊。

第二天，我按臭口趙的吩咐，去李雲的住處看看有甚麼要幫忙的。李雲和她老公正在架牀搬櫃，東西攤了一地。屋子確實舊，但他們糊上了牆紙，倒也顯出些模樣了。

李雲忙得一頭汗，卻喜不自勝的樣子。見了我，驚喜地叫了聲，擦了擦手，叫她老公過來為我介紹。

她的老公長得頗英武，濃眉大眼，個子高高的。兩人站在一起，給人感覺郎俊女也秀。我看著心想，倒是蠻般配的。

我發現李雲整個人都變了，眉眼間的痛苦、乖戾一掃而空，眼神清明透亮，滿是喜樂。介紹她老公時，那眼裏全是掩不住的愛意和自豪。她傍在她老公的臂邊，嬌柔得像個小女生。不斷拍拍他，不斷笑。她老公倒是蠻淡定的，只微笑著，點點頭，禮貌的樣子。

對於李雲忽然而至的一切，我自是雲裏霧裏；不過見她那樣子，還是為她高興。心想，李雲終於也能像常人那樣生活了。我讚他們的房子，讚他們拾掇得不錯。並告訴他們我的來意。

兩人連忙說，沒甚麼問題沒甚麼問題，很好的了。熱情地要給我倒茶搬椅。我怕影響他們拾掇，便說你們忙你們忙，有甚麼事找我就行。告辭走了。

　　我覺得她老公有點臉熟，但一時想不起來在哪裏見過。

　　李雲以全新的面貌在我們小隊出現。

　　在我的記憶中，那時候，是她最美麗的時光。日日容光煥發的樣子——黑亮的眼睛掀著長長的睫毛，流光溢彩；胭脂紅的痣在胭脂紅的唇邊躍動，嬌媚俊俏；一頭烏髮更是彈眼。一縷縷，一卷卷，柔軟飄逸。田間的陽光在她的頭髮上鍍了一層金，隨著她的揮鋤挑擔，閃閃爍爍。

　　大家都暗嘆她的美麗。說這種大概就叫「人逢喜事精神爽」吧。由此也更好奇她的婚姻、她的老公、她腹中的小生命。不過，大家互相猜，互相問，卻沒有人去問她。一來，大家和她一向隔膜；二來，她的過往也使這個問題不太好問。所以，她雖然變成了一個滿臉笑容的人，還是沒甚麼人和她說話。

　　一日，大家堆稻垛。她像以前一樣地拼命，肩上背一捆，腰間攬一捆，末了，抓起稻束來用力往稻垛頂上扔。

　　上面接的人是個有孩子的女人，忍不住說，小心點喔，三個月的肚子沒長牢，容易流產呢！又有個過來人也在一旁說，對啊，女人第一胎流產，再懷孕就難啦！

　　這種話是經驗之談，眼見口出，並不特別用心。李雲的眼睛卻放出光來，激動得嘴角那顆痣也扭動起來。一疊聲地對人說，謝謝啊，我知道了，謝謝啊，謝謝你們啊……那說

◎ 女人不歸

話的人早已掉過頭忙去了，李雲還在不停地道謝，好一會兒才緩住，繼續幹活。

按別人說的，她動作小心了些。但她其實習慣了幹活不留力，小心了一會兒，不自覺地又大刀闊斧幹起來。

張隊長很高興，在我面前常常流露「還好沒把她退回去」的竊喜。當然他也不敢叫李雲做重活，特別是夜間那些突發的事情。也說，保胎，要保胎的。

李雲出工，她老公就在家裏呆著。李雲告訴我，手續都辦了，只是等調令，她老公不打算再回自己的農場，反正家裏有很多東西要整理。我覺得也對，小家戶，拾掇拾掇，可以很舒適的。

她老公似乎是個安靜的人，住下了，很少見他出門。李雲的住房窩在旮兒裏，日常都是李雲出來打飯打水。所以，最初見到她老公的人不多。

過了一段時間，李雲的老公漸漸出來走動，卻傳出些說法來——有人認出了他——說李雲的老公是 X 農場的，曾是個比李雲還厲害的大流氓。早年常常帶著一夥人在各農場之間流竄，招搖撞騙，無惡不作。說他曾經排在大閘蟹之首，後來收山了，在大閘蟹隊伍裏才慢慢往後退⋯⋯後來李雲才上了隊首。

我聽了大吃一驚，這才回想起來，我曾在批鬥會上見過她老公，綁在大閘蟹裏，一喊「打倒」就跪下，很快走過臺。

怪不得那日見了他，覺得有點臉熟。

說的人也不知是哪兒聽來的，還補充了不少細節。說在

一次批鬥會上，李雲在隊首，男人在隊尾，那是李雲第一次看見那男人，李雲當即魂不守舍。從那以後，男人走到哪裏，李雲就追到哪裏。說李雲愛死了那男人。

這時，我才明白了李雲當初為何要逃跑。一次又一次，千方百計，不顧一切。原來是愛上了這個男人！因為去找這樣的男人，不是可以請假的理由，所以她需要逃跑；也明白了被剪了陰陽頭的李雲，為甚麼異乎尋常地怕醜。也是因為愛上了這個男人，她怕被他看見。

這些傳言幾分真、幾分假我不知道，但因時間、狀況的吻合，我相信了大部分。

我不由感慨。原來每個女人心底裏都有一份火熱的愛情。女流氓李雲也一樣。

七

不管怎樣，眼前那兩個人過起了正常的生活。

在最初的不自在過去後，他倆愈來愈多地在大庭廣眾面前出現。

他們顯得蠻恩愛的，常見他們手拖著手地走。一起去飯堂打菜，一起去小賣部買東西，一起去明礬水池前漂洗衣服……走近了，還能聽到他們的説笑聲。很快樂。

或者正像傳言中説的「收山了」，那男人在外觀上，始終看不到大流氓的影子。不清楚他是否知道外面的傳説，總之，他愈來愈頻繁地出現在眾人眼前，很自在的樣子。他對

人很禮貌。不管在哪裏，不管認識不認識，不管別人理不理他，遇到了，他都點點頭，問個好。這點和李雲不同。李雲一向是別人不理她，她也不理別人；別人理了她，她就激動萬分。

沒兩個月，這個男人比李雲更像是我們連隊的人——不時有人和他點點頭、打打招呼。說他是大流氓的人也漸漸也不再說，對他像舊友一樣。

李雲似乎喜歡這種情況。每當有人和她老公打招呼，李雲就退在一邊，自豪地看著、微笑著，顯然忘了自己才是這個連隊的人。

日子一天天地過，不知道是誰先看出些狀況來：

兩人進進出出，買來的東西、洗好的衣服，都由李雲提著。有時候，東西看起來不輕，李雲腆著肚子，肚子頂著東西，樣子很吃力。她老公牛高馬大，卻甩著兩隻空手，在李雲邊上走。很有姿勢，很有形象。

李雲雖然容光煥發，穿著卻太陳舊了。她的衣服多是穿了又穿、款式過時、顏色都糊了的；而她老公終日衣著光鮮，既時尚又挺刮……

連隊裏的人大多是 H 市人，H 市的男人比較愛惜女人。這種狀況就愈看愈稀奇。紛紛說：

——她哪能這樣遷就他呢？要吃苦頭的呀！

——真是白白生了一副好看面孔，弄得像是他的傭人一樣！

——看來這個男人花功厲害，搞得女人這麼服帖！

……

這些話，李雲不知道有沒有聽到過，看起來她自己是滿意眼前生活的。來來去去，臉上一直見有笑意。

李雲終於大腹便便了。

張隊長不再安排李雲做田裏的活，只叫她每天在家裏搓些草繩。反正草繩一年四季有用，存多些不怕。張隊長知道李雲是個盡力的人，所以不像通常那樣給她指標。只說，你搓多少是多少。

旁邊有人和張隊長開玩笑，你門檻精唻，知道她老公閒著，說不定也會相幫搓幾下子。

李雲只自聽著，沒有出聲。

大隊收工了，李雲也來交草繩。草繩還真不少，一大捆，李雲揹著，一步步，很沉重的樣子。

我笑說，這麼多啊，你老公真的幫你搓啊？說，……沒有啊，我自己搓的……他回……X農場辦調令去了。

我有些疑惑，說，不是說材料都交齊了嗎？怎麼還要回去呢？李雲放下草繩，嘴張了幾下，最後卻沒回答我。遲滯地轉過身走了。我見她把墊肩布忘記在草繩裏，便取出來追上去給她。她謝著，接過又轉身走。沒幾步，卻又掉了一塊在地上，但她渾然不覺……

第二天，我抱著一捆草秸去李雲家，交代她搓草繩。並叫她搓完了不用送，我收工去取。說話間，見李雲腆著肚子，動作已經笨拙。便問，你老公幾時回來呢？李雲說，就這兩……三天吧。語氣不肯定，毫無把握的樣子。X農場距我們幾小時車程，車子班次趕得及時的話，當天就可以來

去。不知道她老公為何要去幾天。我想叫李雲打電話催催，但李雲不太想說話的樣子。我也就不再說甚麼，告辭走了。

每天，我自己或小隊的人，早晚兩次去給李雲送草秸、取草繩。

李雲的老公直到李雲生下了孩子才回來。

李雲作動在白天，大家都在田裏。李雲在窗口喊人求助，連隊的衛生員把她送去了場部醫院。還好一切順利，李雲生下了一個女兒。

衛生員按臭口趙的指示，聯絡了 X 農場那邊，李雲的老公這才去了醫院。聽在那裏的衛生員說，李雲看到她老公先是板著臉，但她老公像是沒看見。親親小毛頭，又親親李雲，說，怎麼這麼快就生了呢？我看錯日子，以為還要過幾天呢。李雲就笑了。她老公又問生產時的情況，李雲就答，答完，已經甚麼事都沒有了。

過了幾天，李雲出院。一家三口走進連隊，李雲抱著小毛頭，「囡囡」「囡囡」喚著，親著。她老公拎著個網兜，兜著臉盆、奶瓶、尿布甚麼，笑咪咪的。竟像幸福的一家子。

大家無言。

因為土質的原因，農場的河水、供應水有點渾濁，並且含有鹽鹼。所以，連隊在庖丁他們的飯堂側邊，設了個很大的蓄水池。蓄水池的水是用明礬打過的，明礬水澄清透明，供應我們用於飲食、漱洗甚麼。講究些的人，在河裏洗完了衣服，也會過來這池邊再清清水。

來蓄水池洗汰的基本是住集體宿舍的。小家戶人多，也

有地方，一般自備水缸，自做明礬水，不願來池邊和我們擠挨。

　　李雲的家像小家户也不像小家户。搬進新居後，李雲的老公雖然說在家裏整理東西，也只整理出個基本的居家模樣，沒再繼續。家裏不備水缸等過日子的家當。李雲在家坐月子，便常見她老公來水池邊洗汰。

　　蓄水池很大很深，像用井水一樣，用一個公用水桶打上來，再倒入自家的容器裏用。一般男子到了水池邊，不喜這裏多娘氣，大多悶頭洗汰，嘩啦啦一陣，很快走了。

　　男人走得快，女人走得也快。因為水池邊終年濕嗒嗒的，蚊子很多。

　　李雲的老公卻是慢慢地洗。洗洗看看。看看手裏洗的，看看周圍。遠的、近的、去的、來的。但凡有人來，他都會打個招呼；看到有女孩在池邊「咣噹」「咣噹」地打水，好多聲「咣噹」後，只拎上來半桶水，甚至空桶。李雲的老公便會笑笑，走過去幫忙。一桶一桶地打上來，一桶一桶地幫著拎去倒入女孩的容器裏。很周到。這些女孩有點不好意思，赤紅了臉，連聲道謝。李雲的老公還會親切地笑笑說，不要緊，不要緊的。

　　當然，這些女孩通常是年輕、漂亮的。

　　李雲的老公在水池邊幫了一個又一個，人換了一撥又一撥，他也不急，慢條斯理。似乎洗得都不是等用的物事。有時候，李雲在家等急了，月子裏，抱著囡囡找來水池邊，這才一起回家。

　　前面說過，李雲的老公外形蠻體面的，高大斯文樣。加

上親切的笑容，一些受他幫助的女孩就有些心跳。回到宿舍，欲語還休，不說還說。最後說了給別人聽。卻不知道聽的人也有一樣的經歷。也說。於是，雙方都有點沒勁，都呸，說原來是個百搭胚子！湧湧著的一點竊喜便褪去了。

其實，這些女孩都是心底雪亮的人。有人獻殷勤，覺得榮耀，覺得自身有魅力。不過僅此而已，談資而已。真要往前一步是絕對不願意的。這男人除了一張臉，還有甚麼呢？沒有。甚至流氓的身分也未盡除。哪裏會像李雲似的去愛？

第二次再碰上，心就不跳了，臉也是冷的。

一個一個地冷去。李雲的老公覺察到了，也甚沒勁，水池邊洗汰的速度才慢慢加快了。

後來，連裏便有些說法傳來傳去。說李雲的老公不愛李雲。絲毫不愛。傳來傳去的，多是李雲老公幫著打過水的女子。說得斷然肯定。

聽的人中有不屑的，嗆這些人：你怎麼知道的？揭開人家屋頂看了？嗆完卻也嘆，做老公的愛不愛妻子，妻子往往不知道，其他女人卻知道啊。為李雲嘆。

這些情況、這些話我也聽說過，但沒太留意。我來來往往的多是中學一起去的同學，這樣的話題很少提起。

囡囡剛滿周歲，李雲的老公突然去如黃鶴。

那日是星期日，李雲像往常一樣帶囡囡去打穀場曬太陽。她聽人說，陽光底下，曬曬小毛頭的屁股，能增加鈣質。李雲住的房子，兩排之間太近，陽光不多。她帶著小毛頭曬了兩個小時太陽回家，老公沒在家。李雲先沒想到甚

麼，和囡囡玩了一陣，還不見老公回來，就抱著囡囡去飯堂、水池旁找。沒找到，有點奇怪，再等。到了晚上，還不見人，才猛然想起翻看家裏的東西。才看到衣櫃裏他老公的那些時髦衣衫都不見了！再翻，發現家裏值點錢的東西和僅餘的現金也沒有了……

李雲頓時瘋了，疾速跑到連部打電話。往 X 農場打。往他老公在 H 市的家裏打。往所有認識他老公的人那兒打……都說沒見過她老公。

那男人有心躲了起來。

李雲一下子蒼老了。

事情剛發生的時候，我去李雲家裏看她，見她抱著囡囡在房裏亂轉，狀如困獸鬥——囡囡才一歲，要定時餵奶、餵奶糕、哄睡覺。李雲憤怒也好，痛苦也好，卻不能像以前那樣，撲出去找那男人。我能理解她那處境，卻沒有能力幫她甚麼，只能和張隊長商量，把一些可以在家做的輕活交給她。

好在脫不了手的囡囡，一日一日，卻讓李雲安靜了下來。她不再打任何電話，不再談這事。只是，有時候見她抱著囡囡，忽然落下兩顆淚來。

臭口趙找張隊長商量，要把李雲調去菜園班。說她一個人要出工，要帶孩子，忙不過來。張隊長本來不捨得，想想卻無奈，就說好。

李雲卻拒絕了。說她已經習慣在我們小隊，不想動來動去。她把囡囡放進了連隊托兒所。

約半年後，那男人寄來了一張離婚申請。李雲看了一聲不吭，悶了一天，第二天，在申請上簽了字，拿去連部蓋章。蓋章的人告知她，你要不同意，可以不簽的。李雲眼裏恨恨的，不說話，蓋了章，走了。

李雲成了帶個孩子的單身婦人。

我依稀明白了，他們申請結婚時臭口趙為何嘆氣。他接觸人事檔案，對李雲的老公有所了解。

那是個真流氓。

這場婚姻如兒戲，來了，去了，只兩年。那些以前認識李雲老公的，又曲裏拐彎地打聽來一些說法。說，李雲的老公憑著他的外形和花功，曾令不少女人折戟。李雲只是其中一個。李雲認識他的時候，正是他最困難的時候——他誘姦了一個女子，卻不知那女子是另一個山頭老大看上的，便追殺他。正巧他那時候認識了李雲，相好上了。山頭老大礙於李雲遇事拼命的脾性，暫時停了手。直到兩人結了婚，才真正放過了他。

說的人又說，聽聞，在李雲臨盆前夕，她老公在去那裏的路上，又認識了一個女子，聽說還是個黃花大閨女！說這次突然走了，就是因為黃花大閨女。

聽的人中，有人猝然呸了一聲：蠢死了那大閨女，這麼髒的男人也要！

呸的人正是早前李雲老公幫手打過水的。

說的那個先有些茫然，啥？

呸的補充，搞那麼多女人，太髒了！又呸。

説的人轟然大笑，我以為你説啥髒呢！又笑，髒，髒，你以為女人啊？男人女人怎麼相同呢？小姑娘不懂，去，一邊去！

呸的不服，説，有啥不同？你説有啥不同！追著責問。

説的卻不屑説，用「這還不懂」的眼神瞪著呸的。見她還問，煩她，拉過幾個贊同自己的，另去一邊起爐再吹。

八

連隊裏有個小會計，是個本地農民提幹的。叫「小會計」，不是因為他年齡小——他已經四十好幾了——是因為他個頭小。一米五左右的個子，站在臭口趙面前聽指示，只到領導的下巴處。

◎ 女人不歸

四十好幾的小會計還沒成家。沒有女人願意接近他。他的外形會嚇跑人：溝壑滿布的黑臉上，滿嘴黃牙爆出來。有時候黃牙上還沾著點菜葉。偏偏他還喜歡做出小幹部關心人的樣子，見人愛打招呼。見到女人更是笑得見牙不見眼。那笑，便顯著猥瑣。可是女人愈躲，他愈殷勤，愈愛笑，就愈猥瑣。

臭口趙自然知道小會計的形象不討喜，但會計要討喜人幹嘛呢？不討喜或者更清廉。確實，小會計的帳目一向很清楚。笑是猥瑣，但沒有出格的行為。所以，會計室窗口裏一年年都是他坐著。女人要報銷甚麼，自己忍著，看錢不看他就是了。

不知是誰想出來的，有人要給李雲和小會計牽線搭橋。說，李雲一個人帶個小孩子蠻辛苦的；小會計大小也是個幹部。其他的嘛，半斤對八兩，正負相銷。

　　我聽說此事很吃驚，這是哪裏對哪裏呢？大有鮮花插在牛屎上的感覺。庖丁告誡我說，嗥，別管啊！別人不這麼看。而且牽線的人也是好心。

　　一日田間休息，大家各找樹蔭坐下，喝茶水小坐。李雲坐到了我邊上，她用樹枝在泥地上隨意劃著。寂寂的，默默的。可能和我還算熟悉，只要我在小隊，李雲便到我邊上。我問她囡囡的事，她答了幾句，也不多話。

　　一會兒，隊裏的一個大嫂走過來坐我們邊上。悄聲對我說，正好你在，一起幫李雲參考參考。她稍稍放大些聲音，讓李雲也能聽到，原來就是說小會計的事情。

　　我看看李雲，她依然埋著頭，用樹枝劃地，沒說話，眼睛裏卻忽地飆出火來。

　　大嫂不熟悉，我卻很熟悉。就是那種痛苦和乖戾交雜的火。

　　婚姻失敗後，李雲再沒有了之前那種有人跟她說話就激動萬分的樣子。隨著囡囡的一天天長大，她的乖戾和強硬少了，代之以寂寂默默的常態。

　　那火苗在她眼裏嘶嘶燒著，我正有點擔心，卻見那火苗又慢慢地熄滅下去。李雲抬起頭來，對大嫂說，謝謝哦，囡囡這麼小，我不想連累別人，這事算了。

　　我知道李雲心裏想的其實是甚麼。心喜她的答覆很得體。

大嫂還想說甚麼，李雲卻埋著頭沒有說話的意思。大嫂朝我搖搖頭，笑笑，扯了些其他話題，走了。

我以為事情就這麼過去了。沒想到，小會計那邊的反應卻異常激烈。聽說，別人才提起這意思，便遭小會計噴了一臉屁。說是侮辱了他。他斥責那牽線的人，說，現在不犯事就過欄啦？一個濫女人怎能和我配？我是誰她是誰啊，這不天差地別嗎！簡直……

後面的話幾乎不堪入耳。

被斥責的當然不高興，心想，哪來天差地別呢？正負相銷而已。便在田間說這怨氣。我見李雲的眼裏突地又飆上了火，正擔心著，好在她還是慢慢熄了火，沒聽到一樣，顧自幹活遠去。

日復一日，慢慢地，我發現李雲的眼神有了點變化。如果說，之前她的眼裏多是認命的默然和不認命的憤懑；現在則添了不自信，添了空茫。眼睛裏漸漸也不見有火飆上來了。

連隊裏的人來的來，去的去，來來去去，李雲的傳說卻留了下來。都知道那個抱著孩子住在最後那排小家戶樓裏的，是個過了氣的女流氓。無牙老虎。

那時候，庖丁不知從哪兒弄來一本面相書，說得天書般神奇。對於焦慮未來的我們來說，有很大的吸引力。那書的開首便說：世上有種不可抗力，就是命運。說人的命運由上蒼安排，並且早暗示給了人。那暗示就在人的臉上。

於是，有空閒時，我們就在自己臉上、別人臉上研究。你看我，我看你，看來看去，希望得到先知提示。卻是愈看愈糊塗。發現書上的指引很模糊。書上有的，我們的臉上沒有；我們臉上有的，書上沒有。

書上有一段說到「美人痣」的，引起了我的注意。那段寫著，……長在右邊嘴角的痣，乃屬古今相學公認的美人痣，其中胭脂色為貴。有此痣者，貴人多，財運好，婚姻幸福，旺夫旺……

我立刻把相書放下了，說，胡扯，一派胡扯！指書中那頁給大家看，這不是李雲的那顆痣嗎？是吧？幾乎一模一樣！嘻，看看，準嗎？大家一看，稍頓，哄堂大笑。說，不準不準，太不準了！庖丁也看，不由訕然，嘰嘰咕咕說，偶爾一例，偶爾一例嘛，不足為證，不足為證。但大家對那書終是沒了興趣。

九

有一段時間，張隊長的太太身體不太舒服，場部醫院驗來驗去，診斷不一。愛妻心切的張隊長擔心得大病，於是拿了幾年積下的假期，帶著太太去上海、北京等地尋求名醫診治。如此，臭口趙便派了一個新來的學生幫我做那些出外點卯畫符、寫寫畫畫的事情。我則全力以赴小隊的事情。

農事逼人，到了田間，我不知不覺也成了張隊長那樣的「唯生產論」者。

一個小隊二十幾個人，常常要分成幾處幹活。通常由有經驗的老職工帶著去。一日，幾個小組分配好了，剩下最後一個組需去稻田噴灑農藥。

我看看那幾個人裏，富經驗的有，但那人是個老油條，不太可信。有時為了求快，愛做些偷工減料、投機取巧的事情。農事教會我，莊稼很實在。今日你肥料撒得太多或太少，種子下得太淺或太深，日後時都會反映出來。到那時候卻已經遲了。噴灑農藥更是個良心活。

李雲也在那些人裏。她照例垂著頭、寂然不語。我知道她才是幹活最好、最叫人放心的。有心讓李雲帶隊，卻知破例。猶疑著。少頃，還是下了決心，說，餘下的人由李雲帶隊吧。

幾個人包括李雲都有點發楞，聽不懂似地看著我。

我對李雲說，你帶著大家做，仔細點，務求每一株稻子都噴到農藥。

李雲不知所措，往那幾個看看，猶疑了一會，但還是點了點頭。

富經驗的那個愣愣地看著我，又看了看李雲，最終鄙夷地「哼」了一聲。

我不理，對那幾個說，大家聽李雲的安排，她說怎麼做就怎麼做。

他們雖都覺得突兀，但都去了。

到了田間，李雲看了看壟長，估計了一下每壟的藥量，便告訴大家，每壟該用多少藥、怎樣的步速、如何均勻噴灑等等。說完自己領頭幹了起來。李雲日常活計好，大家都知

道；如今見她熟練的估算，覺得她確實有經驗。便無二話，隨李雲幹起來。那富經驗的如我估計，揹著噴藥器如競步比賽，一摁，一摁，很快一壟又一壟。李雲也不說甚麼，結束後，叫大家先走，自己又在那些她認為不到位的地方，補噴了一遍。

這些情況，都是那幾個人回來後，零零散散告訴我的。

那富經驗的向臭口趙告狀，説我「顛倒黑白，叫流氓管群眾」。這些話叫小會計在辦公室裏聽到了。庖丁和小會計都直屬連部，私交不錯，便打聽了來告訴我。同時又責怪我欠考慮。

我一個耳朵進一個耳朵出，蝨多不癢。我覺得在那種情況下，我只能那樣做。

出乎我們意料的是，臭口趙對那事提也沒提，見到我也像沒事一樣。

我仍然按需要，時不時叫李雲帶隊。而她也從來沒叫人失望過。

近兩個月，張隊長回來了。他的太太不算大病，在場部醫院做了個手術就解決了問題。

知道我的安排，張隊長竟然笑了，沒說甚麼，卻就勢做了下去。想不到的是，他安排的，比我更頻密、規模更大。有時候我不在，他自己帶個隊，另一半的人就交給了李雲。

庖丁知道了很高興，説，好，好，法不責眾。還判斷，人家張隊長肯定早就想用李雲了，但人家謹慎。只我這初生牛犢不怕死的撞開了口子。

不管怎樣，習慣成自然，李雲帶人去幹活，在隊裏不久

成了自然的事情。她自己也愈來愈自在，有時候還會向張隊長做些建議甚麼。

這時候，反而沒人去反映甚麼「流氓管群眾」之類的話了。

李雲幹活的盡力盡職，使她漸漸成了隊裏倚重的勞動力。

李雲雖然還是很少說話，但眼裏有了些活力，原先的空茫之色少了些。有時候，牽著囡囡在飯堂打飯，還會教囡囡招呼人。囡囡就奶聲奶氣地說，阿姨好。叔叔好。

不過，除了當時提起的小會計，沒人再想到給李雲介紹對象。似乎沒有了半斤對八兩的人選。

小會計見到女人依然愛笑，見到李雲來報銷費用，臉色雖然不像以前那樣墨黑墨黑，但李雲轉身走了，他偶然投去的一瞥仍是鄙夷的。

十

終於我們這一屆進入了上調範圍，我和庖丁都屬於表現優秀的青年，在第一批的上調名單裏。

正值春節放假，上調的、沒上調的、沒輪到的，不管哪種心情，都準備著回去過年。回 H 市，回家鄉。都匆匆來和我們告別。知道過完年後，回來見不到我們了。

臭口趙走之前和我們開了個告別會。說了些感謝和鼓勵的話。本是枯燥的套話，我卻一字不漏地聽著，很感動。

那些年，臭口趙沒少批評我們，沒少給我們難堪，但在我後來的職業生涯中知道，臭口趙應屬管理人中的佼佼者。庖丁開會從來不聽，那個會也聽得仔細。還不停在我耳邊悄聲説，這是高人吶！可惜了，要一輩子在這小池子裏游水，可惜了！

臭口趙結了婚，不在上調範圍。

最後離開連隊的，反而是我們這些上調的人。整理東西，安排托運。

對我的離開，真正顯得留戀的是李雲。

知道上調名單後，她先是很高興，立刻跑來祝賀我，後來卻沉默了。只常來問我，有沒有事要幫忙。連裏大部分人都走了，我説，你還不和囡囡回去過年嗎？自從家裏的關係改善後，李雲每年都回 H 市過年。有了囡囡，更是早早走了。她説不急不急，支支吾吾的。我好不容易聽清楚了，她的意思是以後碰面機會少了，她想在這裏陪我。我走了，她再走不遲。

我有點感動。

那些天，李雲便幫我整理東西。雖然我把大部分東西都送了人，但日積月累的書籍還是想帶走。李雲把它們整整齊齊地擺好，還找了些油紙裹在外面。我説，不用吧？她説，要的，防雨。把東西放進箱子，還將柔軟的、硬實的交錯擺放，説那樣不會壓壞甚麼。這樣那樣，比我還像主人在整理東西。

臨打包了，那可是個力氣活。庖丁説讓他來做。李雲

沒聽，拿來她不知何時準備好的包裝繩甚麼，三下五除二捆綁起來。庖丁見她不肯放手，笑笑說，那，需要我的時候叫啊。走了。

忙了幾天，李雲的話卻不多。我試圖說些甚麼，但是除了說囡囡，也不知道說甚麼好。怕不小心戳到不想戳到的。李雲因她早年的問題，也因她算是個安家的人，她也可能要長久留在這裏了。

李雲把我們送到了碼頭。我們等著船，她終於說話了，說，以後……以後我老沒……沒勁的。

我忙說，怎麼沒勁？有勁的有勁的。張隊長很看重你呢，囡囡也愈來愈好玩了是吧？

她笑笑，眼圈紅了，少頃又說，你不會忘記我吧？

我說，不會，當然不會！我會給你和隊裏的人寫信的。以後你來市區，別忘了找我啊。

她說，我會，我一定會去看你的！

船來了，我們告別。多多聯繫喔！多多聯繫喔！喊著，我上了船。

回到 H 市，我便投入了新的工作，很忙。我和李雲、張隊長他們分別通過一段時間的信。在李雲的信裏我知道，隊裏待她不錯，囡囡開始認字了，又有人上調了……在那些字句的深處，我總覺得有些空茫在裏面。

後來愈來愈忙，信件來往少了，我總說，找時間去連隊看他們，但一次也沒去；他們也總說來 H 市時看我，也一次沒來。

不知何時就斷了聯繫。

十一

我因事回港處理月餘,回小城後,又去了那間理髮店。

遠遠的,果然見到理髮店的門面拓寬了,原來的玻璃幕牆延伸了一倍。走近看,新的幕牆上,一組組的美術字體,介紹種種美容、按摩項目。

我看了看時間,打算時間寬裕的話,先修髮再美容護膚。

正門位置沒變。推進去,見到一束暗紅正在忙,面前排起一小溜隊伍。似乎是兩邊的帳目都到她這兒結算。見我進去,一束暗紅略略一愣,接著卻像沒見過我一樣,神情冷漠,顧自忙。我心裏奇怪,兩個月不到就不記得我了?

遠望過去,那個女理髮師常在的位子上,好像也換了別人。

趁著一個空隙,我擠上前去問,XX號今天在嗎?就是以前給我剪髮的那位師傅。一束暗紅看了看我,一點表情也沒有,她繼續低著頭做事,説,她不在這兒做了。

我驚奇極了,説,不會吧,她技術那麼好,怎麼——靈光一現,又問,她是不是調去了按摩那邊?

一束暗紅神情更冷漠了,繼續為後面的顧客埋單。不看我,只説,別的師傅要嗎?我呆了一會,無奈地説,那,試試吧。

一束暗紅點點頭,不再説話。我坐去一邊等候,心裏詫異不已。我留意著一束暗紅做事,發現她對別人還是很熱情的。還是那樣説:坐啊坐啊,很快的很快的;還是會給人揮

撢肩上的碎髮、塞張名片在找贖裏說再來啊……

似乎只對我冷漠。

不明所以。

坐了一會，有個女孩來喚我進去。是專門洗頭的。洗完，把我帶去一個理髮椅坐下。一個師傅來了，也是女的。問我要求。我此時已經興味索然，說，就按原來的髮型修一修吧。

那師傅的技術也不錯，熟練地剪起來。我在鏡子裏向四周看，忙著的湖藍色身影裏，確實沒有那位女理髮師。也沒有那個李雲還是何雨。我猛然想起去看那邊牆上，果然，那張酷似李雲的照片沒有了，代之以另一個笑咪咪的女子頭像。

四周看，都沒有。

頭髮修剪完，我不想再去美容了，便去結帳。

一束暗紅依然冷漠。結了帳，把找贖給了我，只去招呼下一個顧客。不像以前那樣，往我找贖裏塞張名片，笑咪咪地說，再來啊。

我不知道發生了甚麼，又疑惑女理髮師的離去和此有關。想不出原因，甚是憋氣。

晚上，照例去外面走走，景色依舊，卻覺出悶來。單槍匹馬的自在被莫名的不悅擠兌。我隨意吃了些晚餐，買了些廣東柑橘，打道回府。

走進酒店大堂，卻見那邊沙發突地站起個人，看向我，並走了過來。

正是那個李雲還是何雨。

走到我面前，她有點不知所措，兩隻手在提包上扭擰，笑得有點尷尬，説，……我……你……怕你生……氣了……我，唉！……你好嗎？

……你誰啊？我已斷定了她是誰，偏故意問。

我是何……李雲呀，我……

她的笑更尷尬了。

喔……是李雲你呀！我沒忍住，笑了。

她鬆了口氣，喃喃道，早知道你認出我了，我……我……唉！

她臉對著我，但是不自在，眼神避來避去的。又説，呃……給你剪髮的……那師傅……告訴我的，説估摸你住這酒店。

我笑笑，引她上樓去了我的房間。

弄了些茶水，正好有剛買的柑橘，攤開，遞給她，兩人坐定。

終於相對，一時都不知道説甚麼好，我們都細細端詳著對方。她説，你變化不大。我説，都快四十年不見了，能不大嗎？謝謝她的好意。我説，你變化很大。她説，嗯，老了。我説，不是老了，是氣質變了，徹底變了。告訴她，我一直不敢斷定是她，就因為她的氣質完全不同了。她聽了，似乎很喜歡這句話，，高興地剝起手裏的柑橘來。

我們都驚異，這麼多年後，竟會在這個小城遇上。説實話，生氣説不上，但我真的很好奇，老天讓我們遇上，她為

何要裝作不認識我呢？不過她不說，我不好先說。

我講了我的情況，如何移居了香港，如何又來這裏出差。講得很簡單，把時間留給李雲。

李雲沉吟了一會，告訴我分別後她的情況。

我聽到了一個陳舊的故事，一個不像是現代發生的故事——

農場的人一批批上調，李雲以為自己永遠沒份的了。沒想到，八十年代尾，知青下鄉運動結束，她也被「拷浜」，帶著囡囡回到了 H 市。

本來以為一切也還好，也可以如常人般生活了。她把奶奶接了回來，三個人住在當年我見過的小屋裏。小屋收拾收拾，也算溫馨；囡囡快上小學，聰明健康；她自己在棉紗廠做工，每天就一個目標：多紡幾錠紗，爭取獎金，讓三個人的日子過得好些。

沒多久，卻發現做個常人並不易——周圍的人沒有忘記她的過去。他們見到她總是皺起眉頭繞道走。有一次，鄰居家的男人在街上遇到她，和她點了點頭，結果招來家裏女人大鬧一場，杯盤碗筷摔出門來，用各種難聽的話指罵她。她住得不遠，都聽到了，想衝過去，但終於忍住了。知道這一鬧，不但講不清楚，名聲反而愈傳愈臭。於是，以後再上街，頭都埋得低低的。卻還有更可怕的：小橋上，有時還會有男人對她擠眉弄眼……

我去過那環境，能想像那狀況怎樣的。不由心裏嘆了口氣。

李雲頓了頓，又說，奶奶老眼昏花，聽不到，也不出門，問題不大；但囡囡就可憐了。有一天，囡囡哭著對我說，我們搬家吧。我說，怎麼了？她不答，只抓著我的手搖來搖去，只說要搬家。我很難受，我知道她一定是受了委屈……是我帶給她的。

我說，搬家也是個辦法。

李雲搖搖頭，搬不了。我在房管所登記了，我們那房子沒人要……後來，我也想過回農場，但是囡囡可能就此成了農民，就沒敢動。後來奶奶過了身，我狠了狠心，把囡囡托在我父親那邊，自己到深圳尋求機會。

她喝了口水，慢慢說，……在走之前，我把自己的名字改了，叫何雨，用我媽媽的姓。

我笑笑，嗯，……名字不錯啊，現在很多人用媽媽的姓呢。

你還是那麼好心。她說，放下杯子，繼續說，……那時候，很多人去深圳。像我這樣沒學歷沒技能的，只能在髮廊美容院給人洗洗頭、按摩按摩。我拼命做了兩年，卻發現除了吃住開銷，仍然沒錢把囡囡接來一起生活。有一天，我聽到兩個客人在聊天。他們說起這個小城，說它進入了政府的發展規劃，生活成本很低。我一聽，不管三七廿一就來了……後來證明我來對了。

我點點頭，看看窗外。我住的樓層很高，仍然可以見到小城的燈火映著天際。確實，就生活而言，這城和那城，區別愈來愈小。

我剛來的時候，這裏哪有這麼高檔的酒店？李雲說。晚

上到處黑燈瞎火的，只有幾條小街開著些酒吧、髮廊甚麼。租金真的很便宜。我用僅有的錢租了個單門面鋪頭，七八個平方米。又買了套二手理髮用具，白天給人理髮，晚上睡覺。吃住都在這兒。就這樣一點點做了下來。兩年後，我把囡囡接了過來——我們在這裏生活快三十年了。

她一口氣說完，停了下來。默默地喝茶。

真不容易。我說。我知道她的性格，倔強而寡言，不善求人。我聽過不少人的創業史，那種艱辛，不是一般人能承受的。而她，還孤身帶著一個孩子。

我把剝開的柑橘遞給她，說，一間小門面，做成連鎖店，你真的很厲害，怪不得以前張隊長那麼看重你。

她笑笑，說，那還不是你在幫我。

當然不是。你不能幹，誰幫得上呢？

那天……我，唉，真不好意思，所以，我來……

她又有些歉意。

囡囡也很能幹呢！我轉過話題，說起第一天見到一束暗紅的情況。雖然我仍好奇，她為何裝作不認識我。不過聊了半天，那好奇也已淡了，只隨它去。

說起囡囡，她笑了。說，也是跟著我吃苦練出來的。告訴我囡囡也已成家，甚麼都好，就是脾氣倔得不行。

又黯然。說，都是小時候造成的陰影。

我猶疑了一會，還是問，後來，囡囡爸爸聯絡……囡囡嗎？

李雲卻恨起來，說，沒有，那是個畜牲！囡囡因此非常恨他。

說著，卻萎了點，少頃說，⋯⋯聽說，他和場部一個甚麼商店的店員結了婚⋯⋯後來聽說也回 H 市了，還承包了一個甚麼電子管廠，做了老闆。一個朋友告訴我的。十幾年前的事了⋯⋯現在可能更發達吧。

我又想起來早年那些人關於男女不同的爭論，其中的黃花大閨女，說的可能就是這店員。

李雲憤懣起來，真是不懂，他那種人⋯⋯怎麼就一點麻煩都沒有呢！

我知道她在憤恨甚麼，卻不知說甚麼好，便去煮了杯咖啡。酒店裏的袋裝速溶咖啡。味道普通，李雲的情緒由此平復了些。

李雲喝著咖啡，沉吟了一會，說，⋯⋯那個給你剪髮的師傅技術不錯吧？

我說，是啊，為甚麼不做了呢？

李雲——現在叫何雨，我還是按我習慣的叫——李雲頓了一會說，她是從湖南哪個縣城過來的，以前做那些一⋯⋯樓⋯⋯一鳳。

後面幾個字，她說得頗艱難。

哦。我有點意外。

⋯⋯想改變生活，就來了這城市。她會些文書技能，但是每次找到工作，總是沒幾天就被人炒了⋯⋯原來老家的事，早就傳到這邊來了。⋯⋯她傻，不改名，還叫街道開了個甚麼介紹信來⋯⋯

李雲嘆口氣，說，其實她人不錯的，遇人不淑，才走上那條路⋯⋯後來，我這兒擴張，她來應聘，把自己的事告

訴了我。我用了她。她學得很快，兩個月已經能獨當一面了⋯⋯李雲沉吟了一會，繼續說，現在我們擴大業務，做美容按摩。人事部門提醒我，說這一塊管理較嚴。因為業內借按摩做黃的事情不斷發生，說留著她是個隱患⋯⋯不知她在哪兒聽說了，自己向我辭職走了。

哦，可惜了。這不都是過去的事嗎？我說。說完有些後悔，李雲的神情顯出哀傷。這句話也帶到了她。

我又說，現在不同以往，現在人們的思想很達觀。看，報上、書上談論性，談論性開放，談論一夜情⋯⋯

這些話有點空泛，但我意圖令她輕鬆。

李雲疑惑地看看我，問，香港開放些啊？

我愣了愣，想找些事例出來。

她不捨，再問，在香港，⋯⋯女人以前有⋯⋯那回事，別人不在乎？

我沒回答。似乎不是。

她的眼神黯淡下去，說，就是吧。所以理髮師提出辭職，我就接受了。⋯⋯事實上，她不請辭，我也會炒了她。

她埋下頭，樣子有點自責，聲音輕，卻斷然。我覺得如果再有類似的事情，她還是會那樣做。

我沉默了。

這次回香港，我和庖丁見了個面，我們聊了些事情。如果沒有這次聊天對我的影響，也許我還會和李雲就這個問題說下去。我會對李雲說，現在二十一世紀啦機器人都和我們同行了呀科學進步社會文明思想開放你們的認識陳舊啦你們不要自己嚇自己呀云云。

但我停住了，我不知道説甚麼合適。剛才説的，只是為了安慰她。

我竭力找話，卻聽到她又説起來。

……你還記得那次我給理髮的那位老先生嗎？就是……呃，就是你看到我的那次。

我説，記得啊。那位頭髮有點白、背脊卻直挺的那位是吧？

她連連説是。説你早認出我了，早在觀察我。

我笑説，但不敢確定嘛。

她説，他是個退休的中學校長，名校的中學校長……她連續説兩遍，「中學校長」，顯得很驕傲。

這些內容理髮師告訴過我，但我還是聽著。我覺出，她要説的中學校長和理髮師理解的好像不一樣。

她説，……他來理髮不久，我就看出了他對我有好感。他只找我剪髮……來了一次又一次，我對他也愈來愈有好感。尤其是後來我知道他是個退休的中學校長，你可想而知我有多高興……以前，哪有這樣的人看上我呢？……

果然，理髮師完全理解錯了，那人不是甚麼「古怪的顧客」。我為李雲高興，剝了個橙子給她，等她説下去。

李雲拿起橙子，放在嘴邊，要吃沒吃，竟少女似地害羞起來。……其實，我可能更喜歡他。他很型……比我認識的男人都型。頭髮都白了，卻總是精神奕奕的。聲音也好聽，那種厚實、溫和的。我很喜歡和他聊天。他甚麼都懂的呀，天南地北，上天入地。和他聊天，我的世界好像大起來了，懂了很多事情……我們還一起去看過電影，一起去吃過飯，

都是悄悄的……我怕不成功，怕自己沒有這麼好的命。

她說得很動情，並不看我，自己沉浸在那歡樂裏。我沒說話，生怕打擾了她。

頓了頓，她的聲音沉了些。說，……囡囡父親那次，其實，我心裏知道那人是可惡的，卻被那人的外形迷住了，那時我也孤單，很想找個人靠靠，最後卻……一塌糊塗。這次感覺不一樣，他對我很好。我開心不開心，他都能看出來；我累了，不舒服了，他也能看出來。他總是想方設法令我開心、輕鬆……我覺得自己像在初戀。

我也相信這才是初戀。直點頭。

她的聲音卻更沉了，……其實他不知道我是誰，他只知道我叫何雨，是個勤奮開朗的良家婦女……我受人尊重，這裏人人都叫我「何雨」「何老闆」，……這麼多年，我自己也差點忘了我是誰。

李雲頓了頓，少頃，悲哀地說，他愈對我好，我愈害怕失去他。……我叫李雲，是個……腐……化分子，女流氓……都說紙包不住火，我怕總有一天，他會知道我的過去，他會消失了，他是那種傳統的人。

我說，不會。不要自己嚇自己。從你說的那人的學識來看，我認為他不會的。

她的眼睛亮了些，說，是吧？你覺得不會吧？你說的話我相信。我心裏有時候也覺得不會。他是真的很喜歡我的呀。可我就是害怕……你看，那天看到你，我慌得……

她又有點不好意思起來。

我笑了，動情地說，你要忘了那些舊事。徹底忘了它。

眼前的日子多好，好好過啊！

她點點頭，說，對，對。

我們又東拉西扯地說了些其他，當地名菜啊，土特產啊，香港啊，我的家人啊。夜深了，窗外的霓虹燈光散淡了下去。

她說，以後你來，我給你剪髮，我的手藝不比那師傅差喔！

我說，知道。那日見你給中學校長剪的手勢就知道了。

她笑，走了。

第二天，我住去了小城另一邊的酒店，再也沒有去過那間理髮店。

我是李雲的過去。我希望她忘了她的過去。

十二

有一些事，和李雲無關，卻又密切相關。重見李雲和離開李雲後，我總是想到這些事。

那年上調回到 H 市後，我和庖丁並沒有像我們自己以為的那樣：發展進一步的關係。H 市的世界好大，原來的想法就過小了。好在我們看法一致，於是偃旗息鼓，各奔情路。我和庖丁成了知根知底的好朋友，時不時聯絡聯絡、關心關心對方。

庖丁一如故往，和世界相處得妥妥貼貼。

最初回到 H 市，庖丁分配在一間三甲醫院學做護理。幾年間，轉來轉去，由護士成為護士長，再後來又去唸了幾年夜大，成了醫生助理，再後來成了正式醫生。

每次朋友們見面，庖丁幾乎都有進展，工資更是級級跳，沒多少年，就把我們全體甩後了十萬八千里，望塵莫及。不過，我們也沾光，每次同學聚會，都由庖丁請客。後來我移居了香港，我們便會在電話、微信裏聊天。他有新的變化，也一如既往興沖沖地告訴我。

這次我回香港接到他的電話，說他在香港出差，他的事業擴展到香港來了。告訴我，醫院裏單獨分離出一個部門，叫整形美容外科，他是主任醫生。此趟來和香港同行洽談合作項目。

我說，你厲害啊，衝上雲天了呀！

剛看了個電視劇，有這一句，不知怎麼順口就出來了。

他做謙虛狀，說，別，別，在地上，在地上。但還是忍不住得意，說，錢賺得不少就是了，我們多勞多得嘛。

我脫不了俗氣，說，那以後我們要美容就找你了。你得打折啊！

我們有幾個同學也前後來了香港，庖丁也認識。

他卻在電話那頭呵呵呵地鬼笑，說，我們這美容，就怕你們不需要。

怎麼不需要？是人都要老的呀，都想美容美容！我說。

他笑得更厲害，笑完說，介紹介紹我做的事情吧，我們主要業務是「補處」，補處女膜，知道吧？

我嚇了一跳，窘住了，過了一會，卻還是沒忍住好奇，

又問，還有……有這……美容？不太信，加上一句，這種美容有……有人做？

這個才是我們部門最掙錢的呢！庖丁得意地笑。說，又不懂了吧？遂像當年那樣對我耳提面命，說，喏，有婚前性行為的女人想補吧？甩了舊男友、交了新男友的女人想補吧？被各種激烈運動破了身、怕被誤解的女人想補吧……我們排隊預約的已經在一個月後啦！

要……處女身？我疑惑。

當然啦！為了幸福嘛！

我愣著。庖丁誨人不倦，繼續說，我們這裏這類業務多著呢，遂又列出些項目，大多關乎女人的。或者說，由女人這方面來使男人產生幸福感的。說，有些項目男人也做，但是生意和女人的那塊比就差遠了，簡直可以忽略不計。

最後還是鬼笑，說，怎麼，你們誰有興趣？

真是七里搞到八里去！我說。放下了電話。

用庖丁說的關鍵詞在網上搜索一下，居然滿目皆是。我挑近期的文章看。

——某網站進行了有關男性的「處女情結」調查，結果顯示，近百分之五十的男性表示，不能容忍妻子沒有那層膜……所以，補處手術受到熱捧……

——如今未婚女性熱衷做陰道緊縮術，以備未婚夫對曾經的自己產生不良……

——洞房之夜，丈夫發現牀單潔白如故，斷然提出離婚……

——名校畢業的博士男，因為得知自己的未婚妻曾和前

任上過牀，深覺痛苦，經過慎重考慮，撤回了婚宴訂單……

……

驚訝不已。

也對不久前看到的新聞理解了一二：女性被強姦後，大多選擇啞忍。

和庖丁見了面。

庖丁果是愈來愈氣派，設榻四季酒店，西裝革履，名包名錶名眼鏡。

我們坐在池畔餐廳內，我覺得這環境很有情味：圈椅正合體位，坐著，耳邊音樂繚繞；那邊玻璃幕牆外，維多利亞港綿延遠去，太平山山頂在雲霧中飄飄渺渺……

我說，這個環境蠻讚的。庖丁嗯了一聲，回了回頭望了望，但只一眼，又回過臉來急急說話。他沒變，一如我對他的了解：坐在這兒和坐在任何地方於他是一樣的。他心裏永遠裝滿了事情。只可惜了設計這環境的人一片苦心。

庖丁說我胖了瘦了，說我的孩子他的孩子，說 H 市說香港，幾句話掠過了很多內容。喝口水，話題一轉，說起他和香港這邊合作的事情。說得眉飛色舞，珠璣滿盤，這才是他想說的內容。他和香港診所的合作意向顯然談得很順利，細節也已斟酌得七七八八，不日就可具體實施……庖丁意氣風發，向我誓言，要在看得見的將來，把合作機構鋪滿全世界！

庖丁人不錯，還像以前一樣，我不明白的地方，他不吝指教。嗐，又不懂了吧？便解釋，很耐心，很細心，直到我

◎
女
人
不
歸

弄懂為止。令我也大致了解了他是怎麼做生意的。

他用的還是他慣用的庖丁解牛的方式：了解行業，尋找需求，尊重數據，確立定位，然後準確地進入市場。

他說，類似的生意他還看到不少，他們將一一打開市場。

就是這次和庖丁的見面，令我在寬解李雲時，忽覺自己的說話空洞無力。

小城的項目結束後我回了香港，庖丁因他的合作項目常來香港。我們見面多了，每次都能聽到他的生意在擴大。

他的生意愈大，愈令我想起李雲。

尹師母的一天

一

　　尹師母醒了。天還沒亮，昏暗中，碎花窗簾像被鏤空了多處，透進點點微光。屋裏還瀰漫著晚間照例有的夜闌氣。邊上，尹先生睡得還那麼沉，仍是呼嚕不斷。他的枕頭比她的高出一倍。他有高血壓，她四處託人，才從常州的蠶園弄來這袋蠶屎做成枕頭。人告訴她，蠶屎涼性，枕著睡覺能治高血壓。乾蠶屎硬硬的，老頭子巴望血壓正常，睡著從來不說不舒服。好像有效果，好像沒有。

　　她在低一點的位置上凝視著他。他和她一樣地老了。側臉，也是皺紋，鬢角也白了。她知道，只有睡覺的時候，他

才離她這麼近，一起身，他便遠去了。她煩躁地掖了掖被子。還有孩子，都那麼遠。

昨晚吃飯時，她想起一些有趣的事：老家的，孩子們幼時的。她興致勃勃地說起來。他們卻都只虛應她，嗯嗯啊啊，胡亂夾些菜就飯，依然各自看書看報紙。她看著那些沒人讚賞的菜盤子，有點失望。那是她用心做的小菜。她便給他們夾，還說這小菜那小菜如何的好吃、如何的有營養。他們還是嗯嗯啊啊的。她不死心，換了個話題說。說鄰居家生了個小孩，說街角新開了家熟菜店……但說這說那，他們依然嗯嗯啊啊的。終於她發現，再說甚麼，總是她一個人唱獨角戲！

她不由變了臉，她不敢扔兒子、女兒手上的書，更不敢扔媳婦的，但她敢扔老頭子的。她一把抓過老頭子的報紙扔到沙發上，說，吃飯看甚麼報紙！

殺一儆百，幾個人倒是放下了手裏的東西，說，好，好，勿看了，勿看了。嘻皮笑臉。卻是飛快地扒起飯菜來，囫圇吞棗。

她心裏嘆了口氣，這卻是她不捨得的。只好又給他們夾菜。

吃完飯，照例，老頭子回房繼續看他的報紙或者在小本子上勾勾畫畫，忙他學校裏的事情；兒子尹強回房鼓搗他的各種資料，兩口子準備出國留學，房裏嘰嘰咕咕的洋文聲；女兒尹敏上閣樓溫習功課，說是參加了甚麼大學的自學考試。反而不是在自己肚裏生出來的媳婦體貼人，搶著洗了飯碗。不過忙完了，也立即回了房。只留下她和一歲的孫子，

大眼瞪小眼，一起看電視。

晚晚如此。

窗簾的鏤空處透進的光在漸漸擴大，變成一方淺淺的光色掛在那裏。天快亮了。為甚麼他們都把她撇在一邊呢？人一上了年紀，就顯得多餘了，像那些年久失修的家具。

「踢拖」「踢拖」，送牛奶的人來了；「咔嚓」，在開牛奶箱；「碰」，把牛奶放進了箱子；「咔嚓」，鎖上了箱子。她每天早上聽，熟悉了這聲音，幾乎像看著送奶工做事。

她馬上坐了起來。送牛奶的人很準時，也是她一天開始的信號。她要早點去菜市場。早去，菜多也新鮮。吃菜可不能胡亂來，要葷素搭配，要營養價值。他們忙得不講究，她卻是要為他們講究的。

一陣暈眩襲上身來，人忽然覺得很軟弱。她只好在牀沿邊靠了一會。那次單位給他們這些退休職工檢查身體，她有點貧血。醫生說，要注意營養和休息。怎麼注意呢？她注意了自己，誰注意她的家人呢？她要管著這個家。這是小病，她不想告訴老頭子他們。老頭子教書很穩實，這種小事卻會慌了手腳。他一知道，家裏就會亂起來。她對自己說，人老了，各種各樣的「老」病就會走出來，很正常。

長長的樓道裏，稀疏的幾盞路燈，昏暗寂靜。誰家的小桌下蜷伏著一隻野貓。眼睛小燈似的從桌下射出來，見有人，咯碌碌逃跑了。像甚麼東西滾下樓梯一樣。她走到自家的煤氣灶前，拿了菜籃子和豆漿鍋，順帶把早餐買回來。

吱嘎，那頭誰家的門打開了。吱嘎，又有一家的門打開了。她不看也知道是誰。全是像她一樣全職在家的。誰誰師

母，誰誰阿婆。她們都是聽到了送奶工的聲音，都睡眼惺忪開始了一天。

走近了，她向她們點點頭，各自忙去。不能寒暄，整個大樓還沒醒來。

她急急向菜市場走去。晨星淡淡的，遠遠注視著她。

人常說，小夫妻有話說不盡，其實老夫妻也有話說不盡的。不過如今好像只有她想說，老頭子卻不想說，或者是顧不上和她說。

她嫁給老頭子的時候十八歲。他們同年。結婚以前，她只見過他一回，那是她母親去世的時候，她十四歲。在母親的靈堂裏，父親湊近她耳朵說她的未婚夫來了，來弔唁。她雖然哭得死去活來，聽到這話，還是羞住了。他和她指腹為婚，還不知他長甚麼樣子。她趕緊抹乾了眼淚，給母親的長明燈加了點油，躲到家人後面去了。他來了，她聽見父親叫他。那是怎樣的一個男人啊，根本就是個孩子。個頭還沒她高，眼裏滿是孩子氣。他隨著他的父母，按禮儀祭拜了她的母親。她注意到，他的衣服端端正正的，說話神色端端正正的，坐在凳子上的樣子也是端端正正的。他似乎知道自己的身分。他獨自走近她的父親，告訴說，他在外鄉唸書，他的家人把他叫了回來奔喪……小大人樣子，很趣怪，把她的悲傷沖淡了些。

她覺出他好像看見了她。他說話時，並沒完全對著她的父親，而有些偏向她躲的方向。父親也覺出來了，喚她出來去給他沏杯茶。她紅著臉去了，端著茶來到他面前，卻羞澀

地沒敢抬眼望他，只覺得自己比他高半個頭。

那時候她還不知道男人發育比女人晚，心裏有點遺憾，但他那端正的模樣還是印在了她的心裏。

結婚後她問他，怎麼知道躲著的那個是她呢？他笑了，這還不簡單？別人為何要躲他？何況他們家只她一個女兒！她愣了愣，也笑了。他還說，知不知道你端著茶杯，手在抖呢，要不是在辦喪事，我大概會笑的呀。她用拳頭捶他，原來這樣，太不公平了，早知道才不端茶給你呢！……

曾經有很多很多的話要說。說不停。

菜市場裏，一盞盞燈光，橙黃色的。夏末的蚊子、青蟲嗡嗡碰壁。一簇簇的人群。臉、喊聲、魚腥、雞鴨叫。鵝卵石路濕漉漉的。她擠進一個人群，又擠進一個人群。「儂擠啥？」一雙塗著丹蔻的手有力地擋住了她。一個中年女人，金絲邊眼鏡後面厭惡的神色。她發窘，道歉，赤紅著臉，把拐著的菜籃盡力往自己懷裏靠。她是想看看有甚麼新鮮時蔬。老頭子看似吃菜不講究，其實很講究。菜不對胃口，飯吃得很少。

男人長得快，十八歲進洞房時，她驚喜地看到他已經比她高了大半個頭。十足的男人樣。洞房花燭夜，她的內心充滿柔情，她想，她會對這男人很好的。會為他生兒育女，為他洗衣弄飯，為他……甚麼都做。「做事情是人的本分」，很小的時候，她的母親就教她。

籃子一點點沉起來。韭黃炒蛋，老頭子愛吃。說色香味俱全；紅燒帶魚，尹敏的心頭好，湯汁也能撈乾淨；尹強屬老虎，五花肉紅燒。肉絲不行，說還不夠塞牙縫；媳婦最

好，説甚麼都吃。但她知道媳婦口味清淡，最愛吃毛豆炒素雞……天大亮了，人愈來愈多，推推搡搡。她竭力站穩，四面望望，似乎沒甚麼需要買的了。她把籃子換了換手，往回走。她不想再買自己喜歡吃的。菜太多，吃不了。

她想，過日子就像做夢一樣，不知不覺，一樣樣來了；又不知不覺，一樣樣去了。抓也抓不住。

結婚第二年，老頭子到上海找工作。她跟著他，從此離開了老家。離開了那裏的青山綠水，住進上海逼仄的弄堂裏、大樓裏。幾十年來，他們互相支撐著生活，相濡以沫。他失業了，她更多地打短工；他尋新的工作，她為他到處找廣告。就是後來忽然而至的那個革命，老頭子在學校被學生吐唾沫，扔石頭，貼大字報，每天苦著臉早早回家。她急急幫他洗去衣服上的唾沫，縫上被撕爛的衣服。

日子很尷尬，卻也很多話。安慰他的話。她和他聊老家的事，聊她和他定親前的童年、那些他不知道的事，聊孩子們的事……老頭子的情緒慢慢就好了起來，一天天堅持了下來。那時候，他多需要她呀！

後來，局勢穩定了，老頭子又開始教學了，興奮了一陣子，話卻漸漸地少了。一回家，就在房裏寫啊寫的。他一個中學數學老師，上完課，她不知道他還有甚麼要寫的。問他，他告訴她，説甚麼「教育改革」「教育新路」。這是最初，他還和她説幾句。後來，卻只管寫，並不理她，幾乎看不見這房裏還有她。她只見那桌上的稿紙愈來愈厚。

有一天，老頭子給她一張戲票，説是她最喜歡的越劇《王老虎搶親》。關照她準時去，他在劇院裏等她。她興奮，

快手快腳做完事情，早早去了，偏那管門的還放她進去了。她這才知道老頭子給她的是會議戲票。拉開門簾，卻愣住了，燈光輝煌的戲臺上，中間坐著的竟是她家老頭子！老頭子對著話筒正説得來勁。她悄悄坐下，聽出來老頭子説的就是那個甚麼教育新路。她看到周圍的人都急急地在本子上記著，不少人邊記邊還不斷點頭。她看出來，老頭子的話別人愛聽，老頭子的話有用的！這讓她很高興。日後老頭子在房裏寫稿子，寫得桌上一疊又一疊，她只輕手輕腳端茶給他，不再在乎他看不看見她。

二

早晨，是樓裏最熱鬧的時候。解放前，這樓是英國人的寫字間，後來改為居民住房，不大實用。長長的、昏暗的樓道裏，兩邊立滿了煤氣灶。誰家燒煮甚麼，人都站在樓道裏，遠看，電線木桿似的一根根。用水也是人碰人。水龍頭據點似的集中在幾處房間裏。嘩啦嘩啦的水聲傳出老遠。

尹師母提著菜籃子一上樓梯，就看見樓道裏滿是人影。拿著牙刷毛巾的、端著痰盂臉盆的，急急來去，穿條魚一樣。煤氣灶前忙著的人也自覺地側著身子，免得阻路。招呼都是匆匆的。尹師母提著菜籃子，讓著來去的，也讓著灶前的，這些都是要趕著去上班的人。

果然，家裏也忙成了一鍋沸粥。她剛進門，就和匆匆跑出來的老頭子撞了個滿懷。老頭子準備去刷牙，牙膏抹在了

她的袖口上。老頭子懊喪地「哎」了一聲，卻也懶得再擠，跑出去了。她想拿牙膏給他送去，家裏鬼哭狼嚎的聲音扯住了她：尹敏在五斗櫥前梳頭，梳不通，臉通紅，頭髮散在臉前，一疊聲地喊，爸爸，幾點了呀？幾點了呀？她說，七點半。你就不能早些起牀？尹敏卻委屈，說，我昨晚十二點才睡的呀！媳婦在給孫子餵奶糕，餵得急，搞得孫子滿臉都是。尹強跟著無線電讀外語，被媳婦呵責，過來揍兒子，孫子大哭……

你們呀！她嘆了口氣，放下菜籃子，立刻動起手來。兩個灶頭一起開，一個煮泡飯，一個熱豆漿。又取出碗筷，放上醬菜油條。再抱過孫子來餵。媳婦逃也似地跑開了，去忙自己。

屋裏屋外，這房那房，人影子竄來竄去。

稀稀溜溜的吃泡飯聲。叮叮咚咚的倒豆漿聲。

一聲聲短促的「我走啦！」「姆媽，我走啦！」。

屋子裏終於靜了下來，她抬頭看了看：桌上，散亂的飯碗；地上，東一雙西一雙的拖鞋；沙發上，墊巾被扯到了地上……

每天一樣。

陽光斜射了進來。孫子興奮地伸出手去抓陽光中的塵埃，邊抓邊叫。

她站起來，要把孫子放到座車裏去。時間不早了，很多事情。孫子卻猛然摟住她的脖子，兩腳亂踢，怎麼也不肯坐下去。她哄他，說，奶奶拿牛奶給儂喝。孫子卻堅決地吊牢她。她拿過一架小汽車引他玩。嘟嘟，汽車開過來啦，好白

相咪！孫子也不受誘惑，看也不看，只吊牢她。她光火了，一巴掌打在孫子的屁股上，奶奶忙，知道吧！孫子殺豬似地尖嚎起來，卻無畏，還是堅決吊牢她。她嘆口氣，也醒覺，對孫子發甚麼火呢？這個孫子還是自己要來的。她無奈地重新抱好孫子，在屋裏走來走去哄他。孫子如願，不哭了，掛著淚笑。開始玩她領口處的紐洞。手指摳進去，摳出來；又摳進去，摳出來。興致勃勃。

這孩子，像尹強。也是搗蛋鬼一個。她不無喜愛地想。

那年，尹強居然和幾個同學去黃浦江游泳，被警察抓住了。她一聽，嚇一跳。一口氣跑去外灘。天！尹強和幾個同學站在水警輪的甲板上。水警懲罰他們的方法很特別。熱毒的太陽曬得甲板滾燙滾燙，尹強他們站在上面，燙得直跳腳，亂叫一氣。她遠遠看著，開始還狠著心說，活該，看你們以後敢不敢！看了一會，卻不捨得了，向水警求起情來。她好說歹說，橫豎做保證，總算把尹強領了出來。

想著這孩子這樣不懂性命交關，她怒火中燒，進了家門，就一疊聲叫尹敏拿尺來。尹敏卻躲在衣櫃後，死活不出來。尹強卻一下子衝進房去，乒乒乓乓一陣翻，拿出尺來遞給她，然後轉過身子，直直地站著。

那次，她楞住了。握著尺，看著那倔強的、帶著水珠的小身體，還有隱隱突出的一點肌肉，她忽然覺出兒子長大了，和她有了對等的力量。想起之前在甲板上，尹強雖然也跳著腳，但是一聲不吭。在她向警察求情時，竟還不斷斥責她，煩煞了，儂先回去好了！好像還是她給他帶去了恥辱。

她終是打了他，卻好像打在硬硬的沙發扶手上。兒子身

子骨已是強壯的了。她揍他，卻揍得滿心疑惑：兒子長大了嗎？甚麼時候長大的？她恍然看到，她和兒子之間好像出現了一個空間，白茫茫，看不清，覺得出。再不是小時候任她牽著走的小男孩。

初中時，兒子的唇上冒出了細小的鬚根，這個變化最初叫他難為情，誰驚乍地指出來，他都臉紅。後來，卻自己有意無意地摸那初生的鬍鬚，一臉得意。慢慢的，兒子變聲了；慢慢的，兒子自作主張了；慢慢的，她和他說話，不能再用吩咐的語氣、而是要商量討論的了。有時候，她看著兒子和老頭子站在一起，像看兩個男人。

孫子紐洞搲膩了，順勢玩起她的耳朵來。翻來翻去，一會兒看看耳背，一會兒看看耳孔，發現新大陸一樣。

上山下鄉運動來了，她和老頭子看不清這件事情，也沒辦法看清。尹強初中畢業後被分配去北方兵團農場。受老頭子影響，尹強一直對數學很有興趣，成績也拔尖，自小嚮往做個數學家。情況變了，兒子畢竟年輕，不失高興地去了兵團，他以為自己成了威武的軍人。一兩年後，卻沉默了。一次兒子回來探親，飯桌上尹敏說起數學家陳景潤的新聞，兒子頓時沒了笑容，不再說話，草草扒完飯回了房。她知道，兒子心裏很苦，想做的事情做不了。她很心痛。她在虛掩的門外看著他抱著頭，苦著臉，第一次覺出自己的無能為力，孩子的事情，她將幫不了了。

後來有一天，兒子終於回來了。兒子長成了一個結結實實的男子漢。個頭高大，鬍鬚粗硬，額上現著成年人的皺紋。叫她看了既高興又憂傷。她把兒子從頭到腳的裝束全換

了，一心想把兒子換得像沒離開過上海似的。每天，她按照兒子的口味變換伙食，盡可能補上兒子這些年缺少的營養。兒子對她的苦心卻沒有多大反應。

一天，兒子忽然弄來了很多書，並且一頭扎進了書堆裏。第二年，兒子考上了大學。接著就匆匆來去，一星期也說不上幾句話。她只能把一腔的關愛，煮進飯菜裏。四年後，兒子大學畢業，沒有成為數學家，但是進了一個他心儀的工廠。兒子向她解釋，廠裏的產品更需要數學。沒多久，兒子搬去了工廠宿舍住。兒子又解釋，廠裏讓他參加一個新項目，他要全力以赴，不能辜負別人的期望。她點頭。是的，她的兒子不能辜負別人。她說，別人信任你，你當然要好好幹。兒子去了。她看著他寬闊的背影遠去，心裏既高興又落寞，兒子在不斷往前走，她只能看著、追著。高興的代價便是她自己的落寞。

要孫子卻是她的堅持。前幾年，兒子結了婚。媳婦是同廠的技術員。她很高興，家能拴住人。她興高采烈地為他們騰房間，選日子，還關照媳婦，婚後伙食要放在一起。她醒目地發現，和兒子說不通的事情，和媳婦一說就通。媳婦通過了，兒子也就通過了。她如願以償。大家庭裏有了個小家庭。熱鬧多了。可是一年兩年過去，她期待的那個動靜沒有出現。這事問媳婦不好，就拉過兒子來問。卻回答，太忙，等幾年再說。她嚇了一跳。不管兒子怎麼解釋，甚麼「趁年輕多幹點事」「完成手裏的項目再說」。她卻不能由著兒子了。她很清楚，他們只會愈來愈忙。她生平第一次大發雷霆，兒子苦著臉答應了。

她有了孫子，卻成了保育員。

孫子看著她，兩隻很像尹強的眼睛眨巴眨巴，亮晶晶的。竟像懂得她似的。這是尹家的種。尹強的臉像老頭子，孫子像尹強。甚麼部位都像。

她嫁到這個家裏四十多年了，原以為愈走愈熱鬧，可是走著走著，她竟像是走成了一個人。

昨晚，她上了尹敏的小閣樓，給尹敏端杯麥乳精上去。

媽媽，剛剛吃過飯，哪能喝下這個呀！女兒在做功課，詫異地抬起頭來。

她有點發窘，頓了一下，還是把杯子放在了寫字枱上，並順勢坐在一邊的牀上。綠色的玻璃燈罩把閣樓籠上了一層柔和的、愜意的光色。

媽，你有事？女兒繼續做功課，沒抬頭，問。

啊……沒事，沒事。她說。人並不走。怎麼說呢？她只是想說說話，不管說甚麼。先前她在飯桌上扔了老頭子的報紙，這會兒，老頭子和兒子依舊在看報紙看書。她卻是沒有理由扔了。女兒和娘親。孫子睡下了，她便過來女兒這裏。

她拿過女兒牀上散亂的衣服來整疊，找話說，不是才考過嗎？怎麼還複習呢？

一年要考兩次呀！尹敏回答。還是埋著頭，還是做功課。麥乳精在一邊微微冒著熱氣，女兒並不喝。她也不催。這只是她來這裏的由頭。

她邊疊衣服，邊不斷看女兒。這是她的女兒，端正，清秀。像她也像老頭子。這姿勢她太熟悉了，頭略略傾斜，眉

心攏起，上下嘴唇一咬一咬的。女兒一做功課，就是這樣子。從小到大。

尹敏是個哆小囡，大樓裏的人都這麼說。生尹敏的時候，她早產了。老頭子出差去了，她覺得肚子痛，趕到醫院，尹敏的頭已經出來了。那是怎樣的一個小毛頭啊，先天不足，四斤還不到。溺水的小貓似的。哭聲也像小貓，時斷時續，細細弱弱。她有點灰心。可是放進暖箱兩個月後的尹敏，再出來，竟是胖乎乎的，手腳瓷實，像雪白的蓮藕。她那份高興啊，撿到個寶貝似的。是她的過分寵愛還是女兒家的天性，尹敏一直是哆哆的，很討她歡心。

尹敏的笑叫她歡喜，尹敏的哭也叫她歡喜。

有一次，尹敏的老師甩鋼筆，不小心，墨水濺到尹敏的白恤衫上。回家後，尹敏不聲不響把恤衫浸在臉盆裏。她看見了，要拿過來洗。尹敏連忙搶住臉盆，說她在做實驗，試試鋼筆墨水到底能不能洗掉。她又好氣又好笑。把壞事當好事，只有小囡想得出。只見尹敏又是牙膏，又是飯粒，「海鷗」在臉盆裏鼓搗出小丘似的白色鹼泡。墨水還真讓她洗掉了。尹敏那個高興啊，連連歡呼實驗成功了。為了快乾，晚上還掛在窗臺外。沒想到，半夜裏的大風把她的恤衫吹走了，不知去了哪裏。尹敏那個傷心啊，趴在窗臺上，直掉眼淚。窗臺上正曬著她準備做小食的鹽水毛豆，這下遭了殃。尹敏哭著，不時狠狠地扔個毛豆出去。樣子像在怪罪風。樓下的路人抬起頭來正要斥責，卻見尹敏哭得那麼傷心，知道小孩子鬧脾氣，罷了罵，笑笑走了。她只好在另一個窗口不斷地向路人打招呼。

後來，老頭子提議再去買一件白恤衫，才好不容易把尹敏勸了下來。尹敏卻說要買件一模一樣的。不但顏色、款式一樣，連尺寸也要一樣的。老頭子說，胡鬧！因為原來的尺寸已經嫌小，緊巴巴的。她卻說，好好，就一樣。她知道女兒要的不是一件恤衫，而是要實驗成功的紀念。果然新買的白恤衫只穿了一兩個月就沒法上身了。

老頭子說，真不懂你兩母女怎麼想的！

尹強煩尹敏的淚水。小時候，兩人常常吵架，她一責問，尹強總是別過臉去，一聲不吭，很倔強；尹敏卻立刻就哭了，眼淚婆娑，話不成句。於是，她會責怪尹強，護惜尹敏。尹強不服，說尹敏「發嗲」「存心哭給人看」。其實她心裏清楚，這種爭吵不一定是尹敏對，甚至大多是尹敏錯。但不知為甚麼，在尹敏的這種嗲裏面，她覺出一種對她的依賴，令她有一種說不出的愜意。好在尹強粗疏大氣，事後並不計較。

女兒究竟是女兒，粘她。不像男孩那樣硬邦邦。

尹敏！她不由叫女兒。

嗯？女兒回過臉來，燈光從她的眼睛裏移走了。眼睛對著她，眼神卻是茫然的，女兒仍在題目裏。

她其實不知道要說甚麼。你，你肚子餓嗎？她竟說。自己也馬上覺得傻，剛吃完飯，哪裏會肚子餓呢？

幸虧尹敏沒留意，眼神沒變化，也沒答話。仍在想功課。

這是甚麼？她找到了合適的話題。指著尹敏的書問。

邏輯符號。尹敏又埋下頭去，不抬頭，回答她。

她不懂甚麼邏輯，但她很懂行地問，你這次考這個邏輯嗎？

嗯。女兒這次答了，但是筆沒有停。

難不難考啊？她又問。

嗯。

唸這個的人很多吧？她不洩氣。

嗯。

那誰說也要考，參加了嗎？

嗯。

幾年才能拿大學文憑呢？

嗯。

這次幾月份考呢？

嗯。

她終於覺出自己又在唱獨角戲了。女兒緊張地忙著，根本不想說話。

她黯然住口，繼續疊衣服。一會兒女兒回臉看到她，恍然大悟，說，噢，姆媽，你在等杯子啊？

她機械地點點頭。

尹敏端起麥乳精，咕嘟咕嘟幾口喝完了。把杯子遞給她，說，飽死我了！

她接過杯子，沒理由再呆下去，她下了閣樓，做甚麼呢？只好再次打開電視機。

這間房，那間房，房裏到處都在忙，都很靜。

孩子為甚麼要長大呢？她倒是寧可他們不長大的。像小時候那樣，向她要吃的，討喝的。向她哭，向她笑。雞子兒

似的繞在她腳前。她沒勁地換了幾個頻道，沒甚麼吸引人的節目。但是她不想關了電視機，關了，就一點聲音也沒有了。身上還有孫子留下的奶香味。她聞著，又猛力地吸了一口。忽然有點難受，這是遙遠、熟悉的氣味。她的尹強、尹敏確確實實地長大了，留下她，遠遠看著他們。

三

上午八九點以後，是大樓最安靜的時刻。上班的、上學的都走了，狹長昏暗的走廊裏，只有他們這些老頭老太太在走動。蹣跚的，悄無聲息的，像影子。

孫子總算給哄睡了，她把菜籃子拎到煤氣灶旁的小桌上，開始揀菜。韭芽被壓到了，有點濕爛，要一根根地捋去；毛豆不錯，新鮮飽滿。

尹師母，買這麼多菜呀！有人走過招呼她。是緊鄰的王師母，剛從外灘晨運回來，運動裝，布袋套著的長劍捎在一邊肩上。

不多喔。你──她想問她買了點甚麼小菜，卻想起這話對王師母不合適。改說，你運動好啦？

王師母以前在甚麼研究所工作，退休後日子過得很自在。王師母只有一個「獨苗兒子」，成了家和他們住在一起。但是王師母把自己的生活和小倆口的嚴格分開。早晨，王師母去外灘運動，運動完了，菜市場如果有菜就買些；沒菜，就買熟菜。再不，吃罐頭。王家先生是個不聲不響的銀

行職員，隨著太太，有啥吃啥。多就多吃點，少就少吃點。老倆口的日子看起來倒也篤悠悠，呷呷老酒，看看電視。小倆口卻不同了。一下班，屋裏屋外，忙得雞飛狗跳：煮飯，燒水，揀菜，洗衣服，餵孩子，尿布，奶瓶……

見她忙，王師母常常對她說：養小囡，養到工作為止，過日子是他們自己的事嘛。說她是勞碌命。告訴她，人要想得穿些。有吃，吃吃；有歇，歇歇……

所以，和王師母講買菜是雞同鴨講。

果然，王師母一邊掏房門鑰匙，一邊看著她搖頭，剝毛豆喔，一粒一粒，煩煞人哉！

嗯。她心裏承認。

買點不要揀的嘛，卷心菜，洋山芋。王師母很精神，聲音亮亮的。

她何嘗不想呢？但不能老是卷心菜，洋山芋吧。營養不全的。她不置可否地笑笑。

你真是勞碌命啊！王師母又像平時那樣說。進去了。

她一點點地揀著菜，邊上的煤氣跳著藍幽幽的小火。燒點熱水，等會煮飯用。

王師母的這些話是否對呢？她恍惚覺得也許對。但她似乎不欣賞王師母的生活。沒退休的時候，聽同事閒扯退休後的心願。她沒吭聲。太多了，講不清。她想過抱上孫子，去老家走走親戚；想過和老頭子這裏那裏去走走玩玩。忙了一輩子，沒幾次走出上海；也想過大冷天，一家人圍著吃火鍋，她有了時間，肯定會買很多很多菜，一家人吃著聊著，熱騰騰的；想過一家人簇簇擁擁去外灘拍照，她抱著孫子和

◎ 尹師母的一天

老頭子在中間，尹強尹敏在兩旁，都笑咪咪的……她想得很熱鬧，如今過得卻很寂寞。

煤氣上的水壺嘶嘶地響，要沸沒沸。那一頭誰家在剁肉，聲音一陣緊，一陣慢。早上的郵差一家家地送信，給靜靜的走廊帶來些許活氣。

梁師傅！梁師傅！寂靜中，忽然聽到有人叫她。回頭一看，原來是她的老姐妹，以前廠子裏的工會主席。退休後，大樓裏沒人用她的姓叫她，大人叫她尹師母，小孩叫她尹敏媽。老姐妹來給她探訪她。

啊，是你！她驚喜地叫。

揀菜啊，來，一道揀！老姐妹還是以前的爽快勁，說話大聲大氣。她和老姐妹客氣不過來，就一起揀了。

廠裏好嗎？

好！現在都是多勞多得，做得多，拿得多，沒甚麼人偷懶。不像以前，記得吧，你老是要管著他們。

她以前是組長，帶領著二十來人。她能想見那場面，緊緊張張，熱熱鬧鬧。心裏不由漫過一陣淡淡的失落感。

她把一粒剝好的毛豆放進盤子裏，卜，毛豆在盤子裏響了一下。孤寂而沉悶。

樓道頂上的燈把她和工會主席的影子映在小桌上，它們親密地合在一起。她倆跟同一個師傅學徒，是最要好的姐妹。好多不能隨便和人說的悄悄話，她們都互相訴說：男人、家事、兒女等等。一個靦腆，一個活絡；一個會幹活不會說話，一個會幹活還會說話。所以，一個成了生產組長，一個成了工會主席。

……看我忙著說，你呢，你好嗎？桌面上的影子移動了。工會主席說了些廠裏的事情，然後把臉錯開些，看著她。

我？……還好，還好呢。她忽然覺得很亂，有很多話要想老姐妹說。很多話。可是怎麼說呢？並不知道怎麼說。

如果叫她像王師母那樣生活，她要嗎？她好像也不要。讓她的尹強尹敏像像王師母的兒子那樣生活，她不捨得的。還有她的老頭子，多就多吃點……不，不，她不要的，她不捨得的。

我蠻好的。她補充說。

我看你臉色不太好，人也瘦了。

大概是燈光的關係吧。

咦，那個人怎麼在樓道裏騎自行車呢？老姐妹推推她。

她一看，是王師母的兒子，騎著車從大樓那端過來。穿著工作服，急匆匆，汗津津。王家兒子並不進屋，直奔自家的信箱。

人家可能有事。她說。注意地看著王家兒子，她一向有點同情他，一向也就注意他。

王家兒子急匆匆從信箱裏拿出封信來，又急匆匆拆開。看完，臉色卻變了，她見他把手裏的紙揉做一團，又狠命地扔在垃圾桶裏。

她想問他發生甚麼事了，但不大好問。繼續剝毛豆。

王家兒子倒是自己走過來了。尹師母，你們家尹敏考得怎麼樣？

看得出王家兒子在竭力微笑著。這個小囡一向蠻懂禮

貌。

……甚麼考得怎樣？她沒聽懂。

今天發自學考試的成績呀，尹敏沒告訴你？

沒有啊。她說。剛才她都沒留意郵差。她立刻過去打開郵箱，果然有封大學寄來的信。她急著知道結果，一把把信拆開了。

通過了！尹敏兩門全通過了！沒等她把紙展平，王家兒子在旁邊叫了出來。叫完卻沒了聲音，猝然推了自行車就走。走了幾步，回過臉來，想笑卻像哭，說，我全部不及格！跨上自行車，狠狠摁了摁鈴，走了。家門也沒入。

厲害的！你們家尹敏厲害的！老姐妹拿過尹敏的通知單驚驚咋咋地看著。

剛才好像是我兒子的聲音，是嗎？王師母走了出來。

她下意識地搖頭，直搖頭。王師母的生活很舒適，但肯定不是她要的。

老姐妹說，你們家尹敏又會做衣服，又會讀書，你真是好福氣呀。她這才想起來，以前她的很多衣服確實是尹敏做的。恤衫褲子都有。她穿著去廠裏，同事們羨慕不已。但尹敏好多年沒做衣服了，工作後不久就不做了。她後來的衣服都是買來的。

尹敏現在沒時間做了。她老老實實說。想想又說，這種考試很難的，自學的呀！謝天謝地，她又過了兩門。頗自豪。

老姐妹說，那當然，讀書要緊，現在文憑很重要的。

她點點頭。

老姐妹千叮萬囑後走了，她去給尹敏打電話，把成績單的事講給尹敏聽。尹敏很高興，電話裏嘰嘰咯咯地笑。也為王家兒子嘆氣。尹敏說，我和他同一年開始考的，我已經通過了大部分，還有兩門就取得大學文憑了，他考了兩年，只考出兩門，不知哪一年能畢業呢。

她也嘆氣。

尹敏卻好久沒說話。接著，輕輕叫了她一聲，說，姆媽，其實全靠你呀，你用你的時間換來了我的時間，換來了尹強的，也換來了爸爸的——姆媽，其實，你功勞最大呢，我好感謝你呢！

她的眼淚簌簌流了下來，一時無話。頓了一會，笑自己，怎麼變成尹敏了呢！還好尹敏看不見。抹了抹淚，說，好了好了，不說了，小毛頭要醒了，你晚上早點回來，我去添兩個菜，給你慶祝。

尹敏說，好呀！好呀！

果然孫子醒了，她給他換尿布，餵飯，洗衣服，整理房間，洗小菜，做晚飯……很快，窗外的太陽從東邊又去了西邊。她嘆時間之快，去買了個烤鴨，買了些啤酒。天一黑，她的老頭子、兒子、兒媳、女兒就會一個個回來了。他們還會那麼忙，她還會那麼寂寞，但她不再難受了。

（此文原名〈晚霞〉，獲上海市「建設者」1985 文學大賽
短篇小說三等獎；修改於二〇二一年七月）

愛是美麗的

這事就那麼簡單、自然地定了下來。

科長往老陳的角落喊：那倆徒弟就交給你帶吧。老陳的頭從辦公桌擋板後冒上來，帶起一蓬煙霧。嘴上的煙屁股灰老長，他並不取下來，咬著煙，「嗯」了一聲。長長的煙灰顫顫巍巍，卻也不掉。這是老陳獨有的本事，常年抽煙練就的。老陳嗯完，人又下去了。

財務科的辦公室分大小兩間。説大小，其實小間只是個夾壁。只是在牆的一邊橫著放了個特大文件櫃，另一邊橫著放了老陳的桌子。老陳的桌子是那種帳臺式的，有塊高擋

板。和文件櫃一起，把本來的通間，隔成了視覺上的大小兩間。一些陳年賬冊、備用文具、碗櫃、掃帚畚箕雨具……一切放在大間裏滯塞空間或有礙觀瞻的物事，都放進了小間。留出大間呈燦爛輝煌貌，接辦各類業務：報銷的、領加班費的、交報表的、審計的等等。

這種間隔法，充分顯示了財務科的特質：講究美感卻是很實惠的。

老陳兀然成了「牆」之一塊──坐在大間和小間之間，面對大間，背對小間。他卻也處之坦然，自成一側。

小間無窗，老陳那側角便顯得有點昏暗。擋板也高，日常老陳坐著做事，大間的人看不見他，只見角落裏有煙光一閃一閃，間或上來一縷飄飄搖搖的煙；有事叫他，他的頭才從擋板後冒上來，迎著大間的燈光。皮影戲一般。

科長的話，大家都聽到了，大家都依然滴滴答答打字、摁計算機。白熾燈下，一個個臉兒正常。那意思說，當然啦！這事情毫無疑問。科長說完了，也攤開自己的賬簿，做起事來。

沒人想過老陳是個老單身漢，女人的山山水水沒怎麼見識過；而那兩個全是女子，全都年輕漂亮，老陳會否少些應對能力？沒人想過老陳的擋板桌子雖然寬大──為了起牆的作用──但三個人窩在那角落裏師授，會否不太方便？沒人想過老陳儘管業務不錯，但他口齒木訥，面對美色，老陳會不會閃了眼更語無倫次？……

沒有人想過這些問題，包括老陳自己。

廠裏計劃進行二級經濟核算，經濟責任分明。兩個主體

生產車間送來了成本核算員，由財務科負責培訓。財務科除了老陳，其餘全是女人。結了婚、沒結婚的女人。都有很多事情要操心，老公和孩子、男友和情侶、鮮花和眼淚。下班後行動，上班餘暇，事情卻少不了在腦子裏盤旋。只有老陳，除了上班，還有甚麼要做的呢？簡直沒人想得出！

在同事眼裏，老陳早就成了沒有性別的人。

二

老陳今年四十八歲，人生普通得不能再普通：裹尿布拖鼻涕受教育，用了兩個八年；當兵當工人，用了兩個八年；在財務科做財務又是兩個八年——六八四十八年清淡如水，沒有甚麼值得一提的燦爛時刻。就是他的四十八年沒有討到老婆，也沒有甚麼悲悲烈烈、可歌可泣的故事。當然，傳說還是有一些的。幸虧有了這些傳說，老陳才顯出了男人性別。

同行業有幾個老陳以前的退役戰友，在行業會議上碰到聊天。據他們說，年青時的老陳其實是可以看看的：鼻子高高尖尖，嘴巴不突不癟，皮膚不黑不白，眼睛不大不小。動人心魄的是，老陳臉頰上有倆酒窩。一笑，旋起來，甜甜的。還說那時候的老陳可不像現在這樣窩囊。個兒雖不高，胸脯卻是挺挺的。背挺直，頭上仰，拔個的小白楊樹似的。

而且，傳說還有鼻子有眼。說在部隊服役那會兒，老陳——那時候叫小陳——和一個女衛生兵有點兒「那個」。怎麼個「那個」法，甚麼程度，卻是眾說不一。

有説，那時候小陳有病沒病總是去醫務所看病。去了，又怕別人覺出甚麼，每次看完病回來，真把那些藥吃了下去。本來這種事情應該沒人知道，偏有幾個當兵的也尋思追求那女護士，有情人眼利，看出了小陳吃藥的緣由，哄笑了出來。小陳臉紅紅的和人吵了一場，卻再也不好意思去看病了。吵過以後，偏又真的大病了一場。等他大病痊癒，女護士已經嫁給了團長。

這一種説法意思是單相思，頗拆老陳臺腳。聽的人總是邊聽邊笑，笑夠了，替老陳做主張，説，有甚麼不好意思的呢？只管衝進去呀，衝進去就沒那團長的事了！

另一種説法比較給老陳面子。説那女護士對小陳其實也有點「那個」，而且還「那個」了不少日子。可是小陳實在叫人失望：當兵多年，既沒有拿到黨票，也沒有混成幹部，並且毫無往上突破的跡象。小兵卻是不能談戀愛、娶老婆的。最後女護士只能淚眼模糊地跟著團長走了。

這後一種説法又有了點悲壯意味，令老陳頓添殉難英雄的色彩。聽的人又無不為他扼腕嘆息。

前後兩種説法都傳回了廠裏，前後兩種説法都有點問題。前一種説法叫廠裏的人總想問下去：老陳既然大病一場，不就要醫治，不就和女護士有了接觸機會嗎？怎地反而沒了故事？而後一種説法又像是編出來的。那種愛之深切、悲壯，叫人不太相信是蔫頭耷耳的老陳的經歷。

反正，説的人是聽來的，説時也沒想自圓其説，那樣子更是嘻嘻哈哈的，沒點正經。聽的人也就私下裏三下五除二，信了兩點：小陳是真的吃了那些藥。女護士是真的嫁給

了團長。

　　不過，不管持哪一種說法去問老陳，都會令他急脖子紅臉起來。那樣子像是別人揭了他的短。他會立時瞪著別人，憤然要別人說清楚甚麼意思等等。嗆得說話的人很窘，先自收兵，落荒而去。漸漸的，就沒人來討這沒趣了。

　　可是，後來發生的一件事情，讓人心裏一下子雪亮起來。

　　那已經是老陳四十五歲、被人喚作「老光棍」的時候了。

　　那天，財務科推門進來個女人，四十來歲的模樣。胖胖的臉，胖胖的身子，眉心間嵌著一粒圓圓的黑痣。給人感覺通體是圓乎乎的。

　　女人進門說找老陳，猶猶疑疑的，不太有把握老陳是否在此的樣子。

　　有人就喚老陳。老陳的臉從擋板後冒上來，先是一下子愣了，旋即一下子紅了，紅得像朵雞冠花。嘴上咬著的煙屁股，灰也一下子斷了。他慌忙拿下煙，結結巴巴地對女人說，你，你怎麼……怎麼來……了？

　　財務科的人先沒留意，見老陳這模樣，便都留意起來。同時也想起了以前的傳說。個個依然埋頭做事，但耳朵全豎了起來。

　　女人的神色倒還正常，只是聲音很欣喜。說，老王說你在這兒，我還擔心這麼多年，不定怎樣呢！說著，人已走去了老陳那側角落。

　　老陳原本動作木愣愣的，但還算穩妥，這會兒忽然慌亂成一團。他先搓著手傻笑，半晌才想起去搬個椅子來給女人

坐。一轉身，搬過的椅子卻把桌上的一疊賬簿帶翻在地上；去撿散落一地的賬簿，身子又把牆邊的掃把碰倒了⋯⋯

忙亂了一陣，兩人才好不容易在擋板後坐妥。聲音斷斷續續的。老陳的輕，女人的響。能聽到的都是女人的聲音。說，咱這有好多年沒見了吧，你好吧？老陳瓮聲瓮氣，聽不清答甚麼。女人又問，老陳答，聲音輕輕重重的，大致在互相問候著多年來的情況。工作啊、家啊等等。女人好像剛剛知道老陳還單身，很吃驚，聲音又響了些，啊呀，怎的？沒碰上好的？要求太高了怎的？

聽的人很是心疑，覺得這或許不是那女護士。一來，女人的樣子，實在看不出年青時有多好看；二來，這說話的語氣像是七大姑八大姨，聽不出甚麼昔日的情感。不能不再緊聽。

又聽得老陳乾咳兩下，嘟噥著，卻沒成句。顯然不知道怎麼對女人說。女人又緊問，老陳擠牙膏似的嘰嘰咕咕答。女人一句句問，老陳一句句答。不過，這時的聲音都輕了，只聽得嗡嗡聲，聽不清說甚麼。等到聽得清時，話題已經轉了。轉到其他戰友那兒去了。誰誰誰在哪兒做事，誰誰誰有幾個孩子，誰誰誰身體不太好⋯⋯泛泛的。再接著，話題又轉了，女人轉的，話題集中了。原來女人是來求老陳幫個忙。女人的兒子在一個公司裏做文書，女人希望兒子轉學財務專業。這會兒有個會計專科學校正在招生，說這學校的文憑比大學專科還管用，女人聽戰友說老陳有親戚在那學校裏教書，所以來央求老陳去搞些歷年的考試題、複習資料甚麼，以便兒子考試時成竹在胸⋯⋯

女人的話裏不時提到「老王」、「老王」的，聽的人便想

◎ 愛是美麗的

起了那個團長。不過也不能斷定。

角落裏的話輕一陣，響一陣；聽的人也就雲一陣，霧一陣。

午飯時間到了，老陳要請女人上街去吃飯。女人說，麻煩你，怎能叫你請客呢。不肯去。客氣來客氣去，最後女人說，簡單些吧。一會便見老陳從角落裏走了出來，拿著碗去食堂打飯。神色一改往常的寂寂默默樣。臉通紅，眼神亮亮直直，進出不能看辦公室其他人。一望而知處興奮狀。

老陳把食堂裏能買的全買來了，青紅皂白幾大碗，盡心盡意。

女人坐在角落盡頭吃，老陳坐在另一邊吃。老陳的身子斜出了桌子。外邊的人看不到女人，但能看到老陳的側臉：咀嚼著，眼睛往那邊角落看，眼神如朝拜神聖。

好不容易，女人笑咪咪地走了。

女人一走，老陳雀躍而起，抓過電話本打起電話來。因為著急，聲音比平時響多了，以致大家都能聽出來他在為女人辦事。

女人聽來的信息顯然不準確，老陳並無親戚在那學校做老師。這會兒老陳在往四處撥電話，一會兒是其他廠的財務科，一會兒是關係銀行的熟人，一會兒是他的小學同學……

可憐老陳一向木呆，外面並無甚麼路數，這會兒顯見得拼命了。一個又一個電話，拐彎抹角，接來接去。終於好像搭到了一個甚麼極細極遠的關係，老陳興奮得聲調都變了，顛三倒四說著事情。接著，電話又轉去了哪裏，又聽他說著

事情。就這樣，電話忽轉忽接，終於是通到了那個會計學校，事情似乎解決了。

老陳這才噓了口氣，這才想起外面大間的人。見人都埋頭做事，以為沒人注意他，於是，紅雞冠悄悄隱下了擋板。

自始自終，財務科的人不動神色。有了以前被嗆的經驗，大家都很乖巧，只聽不出聲。剛才老陳手忙腳亂打電話找門路時，科長的同學就是那會計學校的教導主任。討要個複習資料，又不是討要考卷，算甚麼事兒呢？但科長不敢毛遂自薦。怕老陳知道自己的事情路人皆知，怪脾氣又上來。科長只好聽任老陳折騰，看結果再說。

總有認真的人不甘心這種雲裏霧裏狀，碰到以前為老陳做傳的人，便問了。待聽到「眉心間黑痣」、「老王」……做傳的人便連連喊，那女人就是女護士！老王就是那團長！

大家對老陳和那女人的事情就恍然解開了。悟出老陳是真的喜歡那女人，而那女人只是喜歡老陳的喜歡。看來，以前的傳說中，前一種要來得準確些。

果然，那女人以後再也沒有來過。先還來過幾個電話詢問，兒子考上那會計學校後，連電話也聽不到了。

女人每來一次電話，老陳總要臉紅興奮一陣子，女人不來電話，老陳那角落就又默默的，寂寂的。

老陳似乎又坐了一次過山車。科裏的人頗同情老陳，但大夥兒都裝著不知道一樣。並連以前的傳說，也從此緘口。

唯獨老陳以為沒人留意發生過甚麼，一如既往，默默進出。

三

其實，同事們沒少為老陳介紹女朋友。

剛進廠那幾年，因著他退役軍人的光輝，最多人操心老陳的姻緣。但是不知怎麼，那些姻緣都是稍縱即逝。大部分只見過一次面，便告別了。有他甩了別人的，也有別人甩了他的。

別人甩他的時候，一般總是嫌他個子矮。在部隊那會兒，這個問題不突出，廣東兵比他更矮。回到上海，高高大大的男人滿街林立，他就矮了下去。老陳又沒有揚長避短、因地制宜的機智。適逢場地有高低，如上下臺階、斜坡等，老陳絕對想不到站去高處。總是搓著手——他見女人時通常的動作——仰著臉和女人說話。女人俯視俯視著，便沒了癮，揚長而去。

他甩人家的時候，也幾乎只有一個理由，嫌人家模樣不好看。逢這種時候，介紹人就會心裏嘀咕，切，也不看看自己，好看的能要你嗎？知道那些傳說的，更竊笑，那女護士好看麼？後來有人隱晦地啟發老陳，人要懂得變通。老陳卻榆木腦袋一個，歲月過去，卻決計不肯降低他那「好看」的標準。

不管怎樣，這種事情勉強不得，擇偶尺寸是人心裏美的嚮往。

只有一回，老陳認真地談過一次戀愛。那就是說，兩個人正兒八經地來往了半年。

廠裏的整機車間有個大姑娘，三十二歲。長相過得去，不難看就是了。那年，老陳三十八歲，年齡還算般配。銷售科大成兄給拉的線。

　　這大成兄倒是個人物，和老陳年齡相仿，卻是個見山過水的男人：結過婚也離過婚，戀愛過也失戀過，生活裏滿滿地走了一遭。如今也是單身漢的大成兄，毫無偃旗息鼓的意思。每天晨運或步行上班，體形如同三十歲；人前人後，更是衣服山清水綠，頭髮一絲不苟。眼鏡還隨著衣服顏色的變化而變化。總之，通體閃亮的一個人。每天，同事們可見大成兄夾著個牛皮紙文件袋，蹭蹭來去。很有些國家科室幹部精神勃勃的樣子。

　　甚麼地方有女人，甚麼地方就有大成兄；甚麼地方有大成兄，甚麼地方就有女人。大成兄的嘴很能說。人稱「死貓活老鼠」。一句話的事情能叫他說出一檔子書來，逗得女人們咯咯地笑。

　　工廠鄰近有些快餐店、百貨店等，那些女服務員幾乎都認識大成兄，都喜歡和他聊天。午飯時間，廠裏的人常常看到大成兄支著臂肘靠在那些店的櫃枱前，哈哈說笑。

　　老陳被大成兄一檔子書說得喜滋滋的。認為大姑娘雖然不甚好看，但卻耐看，會愈看愈好看；大姑娘也被大成兄說得心裏答答動。認為老陳雖然個子矮，但矮得有精神，矮得利落，矮人腹中學問多。

　　兩人一來二去，倒也黏黏糊糊起來，都有了點兒意思，都到了臉發紅、心發跳的時候。

　　當然，這些情況都是大成兄透露的。那兩人走到哪一

步、哪一方,路人皆知。眾人每週聽書一回。

不久,老陳出差北方催款,半個月回,人瘦了不少。

大姑娘眼波蕩漾,偎在老陳臂邊輕輕問:怎麼瘦那麼多啊?

老陳説,晚上睡不著。

大姑娘有點臉紅,問,想甚麼呀?

老陳説,嗐,那筆款子難討,我要想點辦法和他們談,很不容易。

大姑娘頓了一下,更軟軟地偎著,偎得老陳心口卜卜跳。大姑娘説日日就想著催款啊?

老陳説,對啊,不想不行。你不知道那家廠子有多賴皮,一忽説發票找不到了,一忽説經手的人調走了,真是……

大姑娘卻不知何時已經不説話了,人也站去了尺把遠。皺起眉頭,眼睛看著腳尖。一會兒,大姑娘忽然説累了要回家。而且日後不肯見面。

老陳沮喪,只好稟告大成兄。

大成兄細細密密地緊問經過,要老陳從頭説來,不肯略去細節。直説得老陳臉紅心跳,心益發痛。大成兄這才發問:……她問你怎麼瘦了?

老陳説……對啊,問我怎麼瘦了那麼多。

大成兄眼也不眨拋出一句,很簡單,你説,想你吶!

老陳不解,茫然瞪著大成兄,囁嚅道,我説……我説那筆帳忙得我……

你呀,你!大成兄嘆氣。

老陳遲疑了一下，又交代，……我告訴她，那家廠子很賴皮，我要想辦法對付——

大成兄又一聲，你呀，你！

老陳沒說完，大成兄一個高八度的「你呀」把老陳頓住。然後篤篤桌子，從當時為甚麼應該說「想你吶」展開，到「女人是要哄著的」定論。八八六十四招，一檔子書。聽得老陳暈暈乎乎，眼珠子也停住了。心裏驚訝，男女之間，居然有那麼多的花樣經。

大姑娘總算是叫大成兄勸回來了。

這一回，老陳決意小心伺候，絕不胡言亂語。

可是，老陳實在是說不來花花妙妙的話，一說起來就臉紅，覺得演電影似的。後來，逢到這種比較難說話的微妙場合，老陳就緊閉嘴巴，搓著手，只做嗯嗯聲。這一來，倒又弄得大姑娘不知所措起來，以為自己哪兒說錯了，也悶了話閘。

兩人的話愈說愈少，愈來愈不知道說甚麼好。就這樣朦朦朧朧、人心隔肚皮地又相處了一段時間。兩人都覺得沒勁，都覺得在一起受罪，分手了。

本來，分手就分手，算是兩人沒緣分。可是後來又有個續尾，叫老陳傷心。

過了幾個月，廠子裏風傳，說大姑娘對大成兄有了意思。大姑娘托要好同事幫忙，為她和大成兄拉拉線。同事間很多關係原是漏水勺子，那同事線是拉了，卻也弄得路人皆知。要好同事還有要好同事。

老陳先還不信，有好心人告訴老陳確有其事。還補充

説，大姑娘一改平時的羞怯樣，非常主動。

傳著，傳著，就跟出了一些評論。說大成兄雖然離過婚，還帶著個孩子，但大姑娘願意跟他做後媽，由此可見大成兄受女人歡迎的程度；而老陳沒有家累，口袋裏還有一筆退役金，但大姑娘卻避之則吉，可見老陳一點點噱頭也沒有……

那兩人的好事，卻弄得老陳烏雲壓頂。

幸好大成兄頗仗義，不知怎麼拒絕了大姑娘，並在老陳面前一檔子書。甚麼「我介紹人哪能插一腳呢？」，又甚麼「都是男人，不能同室操戈是吧……」。最後掏了點心裏話，說，夫妻在一個單位不好，夜見日見，沒點私人空間。

一檔子書一個鐘點。

不管是前一個原因還是後一個原因，不管是真是假，老陳心裏隱隱有點感激的。

不久，大成兄和鄰近商店的女服務員結了婚，也是個大姑娘。老陳在街上撞見他們，覺得那女的不僅好看，看著也是蠻溫順的。

合乎老陳心裏那桿秤的女人其實不少，就是輪不到他老陳。

神不知鬼不覺，老陳在男女之情上，更自氣餒起來。

後來，隨著年齡往上長，老陳也略略放低了心裏那桿秤，但也只是略略，絕不肯大幅度的降低，即使他心裏要寬容，眼睛卻不接受。就這樣，高不成低不就，來到了人生第四十八個年頭。

四

也不知從哪年哪日起，老陳的形象開始窩囊起來。

當然，五官沒變，還是端正，只是眼下有了淚囊，眼睛少了往日的神采。可是，從老陳的臉部往下看，卻不行了，幾乎沒法看：衣服多是掉了色、起了毛的舊軍裝、舊中山裝、舊茄克裝。不忍看的是，這裝那裝，都同樣脫線掉鈕扣，都同樣現著污跡——沒洗淨的。還能看得出是油跡、墨水跡、或其他甚麼跡。更不忍看的是，老陳夏天的衣服看著總是太長、太大；冬天的衣服又總是太小、太緊。細看的人才發覺老陳很省事：著裝不分春夏秋冬。冷了，裏面加冷衫、棉衲；熱了，把裏面抽空。這就叫他在夏日裏，衣服哐哐哐掛到大腿彎，本來不長的兩條腿成了短短兩節藕，遠遠看著走來，企鵝似的；冬日裏，衣服又像捆鋪蓋，繃出一道道橫褶，下擺便抽短了，只到腰眼處。不幸的是，老陳常年坐著不動，臀部豐碩。那豐碩便袒露無遺。

有一次廠裏搞週年慶，廠裏哄哄著給大家派西裝。人給他量臀圍，寬度遠甩全廠男女！量者咂舌，觀者擠眉弄眼。他自己卻渾然不覺，或者覺當不覺，逢冬天，衣擺一如既往吊在腰眼處，由女人側目。

因了前面的一來二去，大成兄對老陳還是有點惻隱之心。路遇老陳，常會向他傳授經驗，說，鍛煉鍛煉身體，像我一樣走路來上班啊。老陳說，我家遠，走不了的。大成兄說，走一截啊，走一截也能健壯身體。老陳懶懶地搖頭。

也不知道從哪年哪日起，財務科的人發現，老陳在他那角落常做些稀奇古怪的事。慢慢做，很有興味。

比如，他會留著他的香煙殼紙。很有興味地摳開來，一張張展平。四個角細細地捋，細細地抹，然後壓在抽屜裏，一張又一張。

開始別人以為他響應廠裏的節約口號，留著當便條。就說，陳師傅，你自己用用好了，別給我們呀，一股煙味！科長看著也不耐煩，心痛這捋捋抹抹的時間。財務科有大把作廢賬單，裁紙機嚓嚓兩下，很多小白紙條，費這功夫幹嘛？後來卻發現他自己也不用，興趣全在那「捋平」裏了。不懂他為甚麼，卻也不能說他甚麼，他那攤子事情還是科裏做得最好的；

老陳的煙缸也叫人好奇，裏面只有煙灰沒有煙蒂。細看，發現他的煙屁股是燃盡的。一支將完，新的一支捏捏尖，接在前一支的屁股上。不像是節約。因為煙點著了他並不緊抽，只叼在嘴邊。有時候，煙拿在手上，看著一閃一閃的煙火發呆。煙，像是他的伴侶。

老陳的賬本同樣叫人咂舌——那些羅馬數字，幾乎和打字機打出來的一樣，整齊潔淨如印刷品。原因是他一律用正楷慢慢書寫。一筆一畫，不厭其煩。

……

老陳愈來愈木篤，曾有人擔心他會拖了大家的後腿——財務科的帳目一環扣一環——卻發現這擔心是多餘的，老陳那環完成得比誰都快。

只因老陳時間多。老陳沒有上下班概念。下班後，別人

前前後後都走了，老陳依然坐那兒，依然慢慢做帳，依然看著煙蒂發呆，依然細細地捋平香煙殼紙。財務科的掛鐘在牆上滴答滴答響，並不能提醒他天色晚了。

有時候，值夜班的人來了，全廠轉一圈，到處暗黯黯、靜暗暗，唯是財務科那裏亮著燈。透過門縫看，總見老陳坐在那角落裏，枱燈照出人影，映在天花板上。聽到人聲，老陳人冒上來，揮揮手，打個招呼，又坐下去，又看不見了。不知忙啥。

一來二去，精明的科長自是知道對老陳如何裁邊去角，量材施用。老陳屬元老級，業務精通，責任心強，做賬有板有眼。所以那些業務要求高的、難的事情就找他。趕任務卻不找他——人木楞，你急他不急，急也急不出。而且不能催。人愈催，他愈慢，愈不睬你。脾氣古怪。

老陳那角落一直叫科裏幾個年輕人羨慕妒忌恨。私下裏和老陳商量，說陳師傅你這角落裏真安靜喔，換我坐這裏，做帳肯定好了呀。老陳無所謂，坐這坐那，於他是一樣的。科長腦子卻清醒，一口回絕小青年。識透了其中奧妙，心知老陳坐那兒最合適。

年復一年，老陳便真的成了一側牆角，灰灰暗暗，無聲無息。只有那一縷飄搖而上的淡煙，顯示出那裏有人。

年復一年，再也沒有人為老陳介紹對象甚麼的。

五

科長説的那倆徒弟，沒幾天便來報到了。

見過科長，被引到老陳的角落。老陳原認識她們，只是面熟陌生。他知道那個細挑個子、披著一頭烏髮的叫夏燕兒。小姑娘正和隔壁計劃科的小趙談戀愛，愛笑，「咯咯咯」銀鈴似的笑聲常在財務科門前飄過。有時候，老陳從角落裏看出去，看到門外一副雪白整齊的牙齒，很好看；另一個剪短髮、髮根一嶄齊的叫俞玉，廠人事科小王的愛人。結婚才兩年，兒子放在廠裏哺乳室。老陳常見她抱著兒子上班、下班。小王有風濕性關節炎，一發病，癱了似的。長病假在家。俞玉常來財務科報銷藥費甚麼。樣子很文靜，笑吟吟的。聲音輕輕柔柔，很好聽。

老陳站起來，朝倆徒弟點點頭，説，來啦。嘴角簌起幾下，想説甚麼，卻沒説出來，又點點頭，説，好。呆了一會，又説，好。嘴角簌起簌落，終不知説甚麼好，只好嘿嘿地乾笑。

夏燕兒一隻手搭著俞玉的肩膀，很想説話，師傅的話卻簡單得讓她們沒法接下去。見師父最後窘窘地停在那兒，夏燕兒忍不住噗地一下笑了，還笑彎了腰，咯咯咯地把話也笑得沒有了。俞玉的肩膀被夏燕兒帶著，搖來晃去，眼睛看著桌面，沒好意思看老陳。也笑，忍住的，微笑。

她倆以前都聽説過老陳軼事，如今見狀，又想到了那些，又笑。

三個人就這樣，圍著老陳那高高的帳臺式辦公桌，莫名

其妙笑了一陣，見面儀式便如此過去。

　　培訓半年，辦公桌甚麼就不再另搬，只在老陳的大桌子兩邊各放了一把椅子。科長說，老陳，看看能不能騰出兩個抽屜，讓她們放放東西。老陳這才想起來，點點頭，拉出兩個抽屜來收拾。卻見都是香煙殼紙。科長笑笑，叫人把文件櫃理出個空間，讓老陳把這些東西放進去。

　　夏燕兒眼睛睜得鈴鐺似的。由翻散的幾張看去，都是些普通牌子，沒有收藏價值。自忖，用來寫字嗎？她可不要用，難聞死了！俞玉只微笑。她在小王處聽說得多一些，知道這些香煙殼紙於老陳的意思。

　　三人坐妥。

　　老陳教徒弟的方式是他做，你們看。看不懂問他。可是，真問了，他答得時常不到位。可能木訥，也可能日常話少，詞彙少，講不清楚。於是，老陳會索性再做一遍，讓徒弟再看。如此循環。

　　夏燕兒、俞玉的財務根基並不厚實，師父不善表達，卻好在身先士卒，不厭其煩。便也緊看，緊做。兩人跟著老陳，一人一個賬本，一疊單據，借方貸方搞清科目，登記明細，核算成本。

　　夏燕兒、俞玉日常習慣用計算機，不用算盤。滴答滴答地一個個數字輸入。老陳見狀，拉過一把算盤來，說，算盤可以幾組數同時做。乘除法用計算機快，加減還是算盤快。聲音輕，聽起來似嘰裏咕嚕。不知道徒弟是女的，不會把頭靠在他耳邊。老陳不懂這些，只自己撥拉起算盤來，長長一

把算盤，他撥得稀里嘩啦。同時嘰里咕嚕。

那兩人見到算盤，已如古物。奈何師傅說好，看著似乎也不錯。只當多一種學習。認真看。

老陳計算完，夏燕兒透口氣，笑說，炒蠶豆一樣，看也來不及看。

老陳聞言，頓住。他是個老算盤，手指一觸算盤，就劈裏啪啦起來。忘了這兩個是新手，算盤更是從來沒用過。有點內疚，想了想，又提起算盤，嘭地一邊靠，另一邊啪啪推上排齊。重撥。這一次撥得慢極了。卜，一顆珠子。卜，再一顆珠子……卻又把兩個徒弟看得愣愣的，看著一顆珠子緩緩上來，幾乎已忘了前一顆珠子走的是甚麼數字，個十百千萬，鋼琴似的，哪一檔？老陳無奈，想了想，又把算盤啪地碰齊，調整速度，再來……最後洩氣，說，你們就用計數器吧。

磕磕碰碰，每天學，總還是有了進步。

六

年青人總是年青人，哪能日日在這角落中焗住？略有進步，從容了，低頭計數，抬頭眼睛就往外間巡睃。進進出出，也一路招呼著，搭訕著，嘻嘻嘻的，這桌子前站站、那桌子前坐坐，聊開了天。

沒多少日子，大間、小間的女人就濫熟濫熟的了。話題裏外呼應，笑聲一片。

老陳角落裏的光景慢慢地就變了。

本來，老陳中午吃完飯三部曲：看報，抽煙，趴桌上瞇睡。現在卻尷尬了。

角落裏的煙草味猝不及防地叫脂粉味衝走了。

可能是車間裏的習慣，倆徒弟吃了午飯要洗臉。她們從車間拿來了一枚尺餘的鏡子，掛在小間的櫃子上；又弄來個小茶几、小臉盆。吃完午飯，倒上一盆熱水，洗起臉來。叮叮咚咚，咯嘰咯嘰，一股香皂味。

中午洗甚麼臉，老陳不明白。臉上哪來那麼多灰塵呢？老陳只在早上起牀、晚上上牀，臉上擼擼濕，抹抹乾，這就洗了臉。有時候，一發懶，晚上甚麼也不洗，就上牀睡了。他獨居，父母住在別處。就是看到他這樣子，也管不了他，他們都老了。

不料，洗臉也會成風。大間的女人來小間放碗筷，看見也順帶洗洗臉。很快也喜歡上了。說洗一洗，提精神的喔。

小間從此成了「盥洗室」。每天午飯後，嘩嘩的倒水瓶聲，叮咚叮咚的濺水聲，咯嘰咯嘰的擦肥皂聲……女人們各自拿著小手巾沾濕了在自己臉上擦，一邊擦，一邊打逗，誰……誰……誰脖子裏的皮膚雪白啦，誰……誰……誰的耳垂真大啦，誰誰誰的耳根旁有顆痣紅色的啦……平時沒發現的都發現了，平時不留意的都留意了。

一陣陣的香皂味瀰漫開來。

洗完了，更是異香紛呈——每人拿來自己的化妝品在小鏡子前塗抹。

老陳騰給倆徒弟的抽屜，早被她們放滿各種化妝品。一

瓶瓶，一盒盒。抽屜一開，一股子香氣。不同的是，夏燕兒的抽屜裏還有牛肉乾、五香話梅、牛軋糖……；俞玉的抽屜裏還有還有奶瓶、奶粉、白紗布……

所以，老陳兩邊的抽屜適時就會「嗤嗤」兩響——倆徒弟過來取面霜。如果老陳沒睡覺在看報，夏燕兒就會順勢對他擠個鬼臉。

鏡子前簇簇擁擁。一說，你的面霜味道真好聞呀！一說，咦，你那是甚麼牌子？香氣蠻高雅的；一說，你的面霜蠻靈的，擦得皮膚雪白……

女人忙著，沒人覺得老陳坐著有甚麼不方便，只是在人太擠的時候，讓老陳往緊角處坐坐。

開始，老陳依然三部曲，漸漸地有點支持不住。先是香味兒把他攪暈了。他坐在那兒，恍然覺得不是在上班，而是坐在自家的浴缸裏。自家那個破損、發黃的浴缸裏。他的香皂不講牌子，也香，這會兒和身邊的香味兒竟瀰漫在一起。如同在家裏泡浴，一股溫熱溫熱的感覺流遍全身，讓他發酥、無力，想睡覺。

卻是睡不著。女人們的對話叫他心緒不寧。那些話太具象，太叫人想像。他睡覺也好，看報紙也好，眼前卻紛紛亂亂呈著潔白的頸項、柔軟的耳垂、艷麗的痣……有幾次，當夏燕兒、俞玉在他邊上彎腰取面霜的時候，不意瞥了瞥，不由吃驚不已：女人的頸項竟是那樣的白淨、細膩。熱水擦過，微微泛紅。更炫目的是，她們的耳根旁還有一層細細的汗毛，透明的，閃閃爍爍！

老陳怵然收回目光，做了賊似的。慌亂逃回自己的狀

態。心想，以前怎麼不知道的呢？好像沒見過呢。就使勁地想那小護士，想那吃藥的日子。還是沒印象。又想大姑娘，想和她逛街的幾次，也沒印象。可能都沒碰上那角度。暗自狐疑。

老陳心神恍惚，女人們卻不覺得。洗臉不是甚麼要隱蔽的事，臉不是整天露在外面的嗎？她們洗得快活，從不留意老陳。只是侵入老陳地盤，需禮貌的和老陳搭訕兩句。說，陳師傅吃過飯啦？陳師傅，我們煩到你呢！客套客套，並無時間和老陳聊天。說完，轉過去，忙自己洗臉。

俞玉是自己徒弟，不客套，人和師傅搭話，她一邊看著，笑笑。夏燕兒也自己徒弟，也不客套，卻來真的。洗完臉說，師傅，你也洗吧，我換盆水，拍拍師傅馬屁！沒等老陳醒悟過來，夏燕兒已經倒了污水，嘩嘩換了新水，連喊，師傅來洗，師傅來洗！

老陳魂飛魄散，哪敢走近那些人中間？連連擺手，說不洗不洗，不髒不髒。

◎ 愛是美麗的

老陳暈暈乎乎，也想過要離開這兒，但去哪裏混過這中午時間？竟也不易。老陳沒地方可去。其他科室他一向很少去串門，這會兒不知道去找誰。大成兄倒是可以找找的。但中午是大成兄最繁忙的時候，最多女人聽他吹水。他去找，大成兄肯定覺得掃興。也想過去大間裏坐，也不合適。都是女人的座位。女人喜歡把上班的地方收拾得像自己的小世界。甚麼照片啊、警句啊，很個人，不喜別人近看。要不然，她們早叫他去大間裏坐了是吧？

老陳有時候只好簡化三部曲，一步到位：吃完飯就趴在桌上睡覺。睡不著，但可以把臉埋起來。

香氣每天在老陳四周繚繞，不易散去。就是下了班，人全走了，香味兒仍不走，老陳捋著香煙殼紙，有意無意地總要吸吸鼻子。自己也不知道怎麼回事。

得寸進寸，女人們嚐到了甜頭，更多地開發老陳這角落的好處。

一日，有人買了一件新衣服，女人們簇簇擁擁，左右評說。最後結論是這衣服特別好看。於是，都想試穿，都想買。科長也説好，但一直坐著，未敢去擁成一團。警示眾人説，這樣穿來穿去，給人看見了，我們先進科室的牌子怕要砸了。夏燕兒大咧咧地「嗐」了一聲，説，到我們裏面去啊，我們那裏看不見，還有鏡子！

女人們醍醐灌頂，前呼後擁，進了老陳的角落。

老陳經歷起新的磨練。

有了第一次，就有了後面的無數次。

像洗臉一樣，只試外套的，女人們並不避老陳。鏡子前照來照去，嘆息緊了點的，驚喜正合身的，感覺顏色不襯自己的……試來試去，穿上脱下，買與不買是另一件事。

老陳如端坐著看報，必斂神凝目。怕自己無意中看見不該看見的。卻常有女人突然喊他，陳師傅你看，好看嗎？好看嗎？不是真問，是炫耀。身子喜滋滋地轉，轉過老陳這邊，隨口問。老陳總是嚇一跳，往散開一條路的那撥人中間慌慌張張望一眼，連説，好看，好看。並沒敢看清青

紅皂白。

有時候，衣服需要脫得深入一點，女人們這才叫老陳到大間去坐一會兒。老陳鬆口氣，走到最遠的一個位置坐下，還是看報紙。

報紙上的字卻蝌蚪似地游竄。他知道叫他出來，意味著那裏面要做甚麼……報紙嘩嘩地翻，耳朵卻不由自主向著那邊。女人的聲音飄飄搖搖地往他耳朵裏鑽，都具有畫面感。甚麼「胸部太窄，扣子扣不上」，甚麼「臀部太寬，樣子不好」……聽著聽著，老陳坐立不安。背過身子，換個方向坐，聲音一樣響。終是坐不住了，慌慌張張地走出去，寫字樓大廳、過道裏走了一圈。有人和他打招呼，自覺怪異，這是在散步麼？總算想起來，廁所是隨時可以去的。合情合理。於是去了，尒法尒法解決。走出來，又想起去門房間看看財務科的信箱，也是可以的，也合情合理。

忙完這些，再尒法尒法走回財務科。事兒早完了，女人們都伏在辦公桌上做事。見他從外面進來，沒甚表情。早就忘了他。當然，沒人想到老陳剛才的魯濱遜漂流記。

對於女人，老陳實在是知道得微乎其微。

以前追求那女護士，可對女護士幾乎一無所知。他喜歡她是在一次打針的時候。他看到她的手是那樣小，那樣白，那樣的肉嘟嘟。展平時，手背上旋起幾個小小的肉坑，幼嫩得他真想去摸摸。她給他打針，小手搭著他的臂膀，那感覺柔柔軟軟、溫熱溫熱的。他迷醉地看著那些小坑時隱時現。為了能不斷看到那雙小手，他不斷地去看病，不斷地吃些不

相干的藥。他也想過不吃那些藥，扔了它們。但一個營房的戰友都知道他去看病，他能不吃點藥嗎？就真的吃了。吃著，有點怕，但頂不住那雙手的誘惑，他不斷地去看病，不斷地吃藥。

他喜歡她的手，慢慢地，也喜歡和那雙手相連的一切。她知道他的喜歡，但她不喜歡他。她只是喜歡他的喜歡。這個認識在她這次來找他後，才徹底看清了。那雙小手，那雙女人的手，卻在他眼前晃來晃去了幾十年。

後來和大姑娘來往，他對女人知道得多了一點。他和大姑娘是夏天來往的。兩人去逛馬路，走過冷飲店，他說去坐坐，叫大姑娘找座位，自己去買了兩個雪糕杯。大姑娘看見雪糕杯，啊呀了一聲。他說，檸檬味的，你不是說喜歡吃檸檬嗎。大姑娘張了張嘴，想說甚麼，卻沒說出來。但是不肯吃，只喝熱水。店裏免費放桌上的。他以為她不要他花錢，就說，吃嘛，涼快些，不吃就溶掉了。大姑娘這才嘟嘟噥噥說，我，我不好吃，我……月經……來了。說著害羞，眼睛看著桌面不看他。

他一下子不吱聲了。他知道女人有月經。唸書的時候聽過，兵營裏那些搗蛋鬼也講過，也看到過店裏花花綠綠的女人衛生用品。現在知道了身邊這個女人就有月經，知道了來月經時不能吃冷飲，那認識就立體、實在了。他虔敬地對著大姑娘，卻不敢去看她。她不自在，他更不自在。少頃，他一聲不吭跑去買了杯阿華田回來，遞給大姑娘，說，嗱，這是熱的。

和大姑娘來往時間不長，磕磕碰碰，他未敢碰過她的身

子。只是有時候在大姑娘的側面，隔著她薄薄的恤衫，他能看到她聳起的乳房輪廓，白色乳罩覆蓋，時隱時現。卻終是不識廬山真面目。

兩個女人給他的就是這麼點兒知識。

如今，蜂擁而至的一切，叫他有點招架不住，有點失魂落魄。有時候他想想，覺得這些女人有點煩，有點自說自話。她們令他流離失所，不知所措。卻又矛盾，再問自己，發現自己其實是喜歡這一切的。

七

夏燕兒、俞玉把大間的女人引進小間，把老陳搞得七葷八素，她們卻一點也不覺察。對待師傅，兩人各有一番恭敬和親切。

夏燕兒是家裏的么女，備受嬌寵。性格熱情活潑，任性不羈；加之長著個漂亮臉蛋。這樣的女孩生來就是要人注意、要人喜歡的。她有這種天生的優越感。她確實也一直能夠如意，男人、女人都喜歡她。

夏燕兒就帶著這樣的天性來到老陳身邊。

夏燕兒是個五香嘴，牛肉乾、牛軋糖、奶油話梅……日日在嘴裏車輪大戰，人吃得精瘦精瘦。老陳原先只有煙灰、單調的煙缸，猝然間五彩繽紛起來：話梅核、橄欖核、玻璃糖紙、蜜餞彩紙……

夏燕兒吃，也叫俞玉吃，還給老陳吃。上班時間，大家

◎ 愛是美麗的

一起吃，自己才吃得坦然自在，吃得名正言順。夏燕兒一會兒拿出這個，一會兒拿出那個，壓著嗓門直叫喚，吃呀吃呀，很好吃的呀！

俞玉也吃。吃得熟練、自在。原也是姑娘過來的，也是個五香嘴，有了孩子才沒了自己。

老陳哪裏吃過這種東西？做男孩的時候沒吃過，和女人沾點邊的時候，也沒到達這樣隨意、親密的境地。夏燕兒勸得厲害，老陳就吃了。卻說不出甚麼滋味，楞著臉。夏燕兒把臉斜在一邊討讚揚，呼吸吹著老陳的臉，問，師傅，好吃吧，是吧？酸酸甜甜，好吃吧？老陳糊裏糊塗直點頭，哪裏知道甚麼鹹的、甜的、還是酸的。

煙缸日日滿。別人下了班，老陳去倒煙缸，看著話梅核、橄欖核、糖紙頭……五彩繽紛，「卜落落」地往下掉，很熱鬧，很陌生，很有興味。不像以前的煙缸，倒起來，沒有聲音，沒有顏色。很沉悶。

夏燕兒愛笑，不知道她哪來那麼多快樂，時不時咯咯地笑。賬算錯了，賬本寫髒了，老陳正要責怪，夏燕兒笑著說，師傅，我怎麼那麼笨呀，咯咯咯……；啊呀，我寫得亂七八糟，搞得師傅生氣呢，咯咯咯……銀鈴一搖，老陳束手無策。要說的話也吞了回去。有時候被她笑得糊裏糊塗，也糊裏糊塗隨著笑，事情就過去了。

夏燕兒有時候的笑，才真正叫老陳瞠目結舌。

有一次，老陳帶著倆徒弟去參加行業經濟核算培訓，為期兩天。會議很認真，早晚簽到，臨末還發一張培訓證書。

培訓內容不錯，發證書卻有點亂套。五六個工作人員坐在一排長條桌前，憑聽課編號，排隊領取。兩天會議早把人憋壞了，隊伍一會兒就失了耐心，慢慢往前湧，最後裏三層外三層地圍著長條桌子。

老陳他們三個排了一會隊，卻發現排來排去還在隊尾。很是無奈。夏燕兒說，我們也往前擠。老陳說，不好不好。還是站在隊尾處。

倆徒弟沒有辦法，只好跟著老陳。

夏燕兒渾身不自在地排了一會，又探頭往前看了一會，突然有了主意，把兩人手裏的編號牌拿來自己手上，說，你們等等，我試試看。

說完笑笑，裊裊婷婷，向擠成一堆的隊伍頭裏走去。

老陳不知道她要幹甚麼，怕有事，也跟著往前走了些。

夏燕兒擠不到長桌前，離那兒還有兩步遠，站住了。

長桌前，一個精瘦的小伙子正忙得雙手亂舞。身子抬起彎下，拿過人的編號牌，然後在桌上一疊證書裏翻找，然後遞給人，口中念念有詞，喏，XX 號！ ……喏，XX 號！ ……

近著他的人個個設法把自己的編號牌遞給他，臂如叢林。都希望他接過自己的牌子，先給辦理。

夏燕兒站在那裏看著。少頃，趁著小伙子抬起臉來的時候，她不失時機地咳嗽一聲，聲音不響，卻極其嬌嗲。在嗡嗡的人聲中竟是突現了出來。

站在外一圈的老陳看著，心提到了喉嚨口。

小伙子不由地看聲音來處。看見了夏燕兒。夏燕兒又不

失時機地笑了，微笑，甜極了，美極了。一排雪白的貝齒，在燈下閃閃發光。小伙子愣了愣，又埋下頭去繼續忙，少頃，卻忍不住又抬起臉來看了看她。夏燕兒此刻看定了他的眼睛，還是微笑，笑得更甜，更美，簡直無法形容。與此同時，伸出手來，把手裏的三個編號牌明白無誤地遞向他。

小伙子紅了臉，少頃，也伸出手來，說，多少號？隔著層層的手，取了夏燕兒手裏的牌子給她辦理。

邊上擠擁的人忙著擠擁，並沒覺出無聲無息中發生了甚麼；就是有一兩個看出些異樣，也是語塞。本來就沒有人在排隊。

夏燕兒辦妥，又向小伙子燦爛輝煌地笑了兩下，回過身來找師傅和俞玉。

老陳在近處看得心裏發怵。在這裏，他看到了一個活潑調皮的姑娘，也看到了一個活潑調皮的女人。

其時，夏燕兒和隔壁科小趙的戀愛正進行得昏天黑地，難捨難分。夏燕兒剛到財務科，小趙便被引了過來。小伙子先還有點顧忌，只在財務科的大門外往裏面覷。眼光越過大間，射往小間。來去一趟趟，擠眉弄眼。這種沒有聲音的呼喚，只有夏燕兒能聽到。大間小間的人都撲在賬本上，忙得眼睛發花。夏燕兒在那兒動作起來。或者同樣扮個鬼臉，或者用嘴、用眼一下一下往門外飛媚飛俏。偶爾，科裏有誰從混沌中脫出打個哈欠，門外的鬼臉立時變成嚴肅的、路過的樣子；裏面，夏燕兒的臉也立時五官歸位，沒事兒一般。

這些啞劇，小間的人是知道的。三個人伏在桌上，有誰肚餓「咕嚕」一聲，另外兩人也能聽到。何況那兩人動作連

連？只是，沒人抬臉看。俞玉因為禮貌、教養不抬臉，只微笑；老陳卻是不好意思看，不敢看。

老陳雖近五十歲的人了，心理卻是極為年輕、極為羞怯的。

夏燕兒在小間裏動作得愈厲害，老陳的頭垂得愈厲害。

沒多久，小趙便懶得躲閃，斷然侵入腹地來了。他先是替自己科送送單據甚麼，然後以說笑為橋，逐步深入，直至小間。再後來發現，並無人大驚小怪，便日日來，不再找任何藉口。

兩人開始還有點虛頭虛腦，說話大聲大氣，互相開些泛泛的玩笑。半生不熟的人見到似的。慢慢的，聲音輕了；慢慢的，說話有了實在的內容。

俞玉出於禮貌，有時候也和小趙打打招呼，開個玩笑。不知卻像多了層煙霧，混沌起來，兩人趁亂公開化、明朗化了。有時候藉機還能摸一下臉蛋，拍一下屁股，摟一下肩膀。俞玉依然自在，看出了兩人的深度；老陳卻像看到甚麼不該看的事，趕緊調開眼睛看別處。

這是兩人好的時候，不好的時候才叫老陳膽戰心驚。

那天中午，夏燕兒去食堂熱水池打水準備洗臉。回來後卻見臉黑沉沉的，大家沒在意，洗完臉，各自散開做事。

一會兒，小趙像往常一樣，遛達遛達來了。夏燕兒見了，立刻沉下臉，滴滴滴摁計算機，並不理睬。老陳、俞玉不知怎麼回事，不敢造次，也不吭聲。只聽小趙賊禿兮兮說，積極唻，話也不講？

夏燕兒還是不理。

小趙奇怪，又說，怎麼了，你怎麼了？

夏燕兒壓著嗓門，惡狠狠地說，甚麼怎麼了，你滾！

老陳嚇了一跳，卻沒敢看。

小趙的聲音慌了，怎麼了，又怎麼了？

剛才你幫誰洗碗？夏燕兒問。仍壓著聲音，卻更狠。

噢——小趙恍然大悟，卻也有點不好意思。說，伊講我的手反正洗油了，幫她也洗一洗，伊——

輕骨頭！夏燕兒猝然喝道。

小趙急了，辯解，我就洗個碗，又沒……還沒說完，計劃科來電話叫小趙回去有事。小趙忐忑不安地走了，兩人暫時歇攔。

老陳有點莫名其妙，不懂小趙只是順手幫人洗個飯碗，夏燕兒為何氣成這樣。兩人本來那麼要好，怪可惜的。心裏為徒弟擔憂。

快下班時，夏燕兒對老陳說，師傅，等會兒小趙來，你就說我被王毅叫去看電影了。王毅那小伙子是夏燕兒原來車間的，有時候也來財務科和夏燕兒聊天。老陳也認識。可是這幾日，沒見王毅來過財務科，也沒聽到他來電話，怎麼兩人忽然一起去看電影了呢？老陳納悶。夏燕兒強調，一定要這麼說。老陳疑疑惑惑地答應了。

俞玉在邊上趕活，聽著吃吃笑。

下班時間一到，夏燕兒被鬼追似的嗖溜跑了。

前後腳，小趙來了。一進門就慌慌地問，夏燕兒呢？

老陳雖是疑惑，還是忠誠地把徒弟的話複述了一遍。誰知小趙聽了，忽被火燙似的，「啊」的一聲，臉一白，不及

告辭，也嗤溜跑了，也像被鬼追似的。

老陳看得稀裏糊塗。

第二天上班，夏燕兒臉色蒼白，眼圈黑黑的。做帳，不多話。

一會兒，小趙又遛來了。也是臉色蒼白，眼圈黑黑的。

昨晚看甚麼電影了？小趙直逼夏燕兒邊上問。雖是壓著嗓門，那氣急敗壞的腔調連老陳也聽出來了。

夏燕兒一扭身，背對小趙做事，不理他。小趙又逼去那一邊，夏燕兒站了起來，去那頭櫃子佯裝找資料。小趙不管這些，又跟過去。兩人在那邊激烈地吵起來，聲音低而急。

老陳聽不清，見那架勢，有點緊張。想過去勸，又不知怎麼勸。轉臉想叫俞玉幫手，卻見俞玉安然坐著，沒事一般。老陳便也坐穩。

一會兒，聽得小趙「噢」了一聲，聲音緩和了些，說，既然沒去看電影，做啥騙我？夏燕兒啐，說，氣死你！語氣卻似乎有點笑意。小趙又賊兮兮了，說，好，那我們一報還一報，現在沒事了。夏燕兒說，沒那麼容易！小趙急說，你還要怎樣？夏燕兒停了一下，說，我要掐你！

老陳嚇一跳，要打架呢！

卻聽小趙討好地說，好，好，掐一下，喏，掐一下好了喔。

那邊一時沒了聲音。顯然在掐。

這邊，老陳不明所以，很緊張。

一會兒，聽得小趙說，好了好了，看，看，瘀血出來了，滿意了吧？夏燕兒有點慌亂的聲音，哎呀，真的喔，怎

麼辦？你姆媽問起來怎麼辦？小趙居然説，喔，簡單，我說不小心撞的。

至此，兩人才回來這邊，竟都是笑咪咪的。還約了中午一起去食堂吃飯，小趙走了。沒事一樣。

老陳何時見過這等把戲？心驚肉跳。坐著坐著，卻莫名其妙地想一拳打向哪裏、或者一屁股把甚麼給坐趴了！只想出出力、使使勁。

和夏燕兒比，俞玉安靜多了。溫和而內向。小王生病在家，俞玉每天獨自抱著孩子來上班，揹著一大包的尿不濕、奶瓶擠車。到了，把孩子匆匆送去廠裏的哺乳室，再來科室做事。下了班，再重複早上的事情。天天如此。人説，你這日子蠻難為的。她説，很快的，小毛頭斷了奶就不用抱來了，家裏老人會幫手。從無怨言。日常也總是笑微微的。人高興，她也高興；人洗臉抹香，她也洗臉抹香。凡事助興。俞玉是那種對生活溫和有耐心的人。

一天早上，老陳搭地鐵去上班。地鐵裏都是趕上班的人，你擠我，我擠你。老陳因為在起點站上車，所以有個座位。站著的人，身子被擠得幾乎碰到老陳的臉。老陳只好掉轉臉去對著窗外。看見月臺上一個女人抱著個小毛頭，揹著個包，在人群中奮力擠著。包大，孩子胖，女人的額上滲出汗來。老陳定睛細看，那人竟是俞玉。忙站起來，見俞玉上了車，忙喚她過來。

老陳讓俞玉坐，可是人太擠，換位也難。俞玉就說，師傅你幫我抱著小毛頭就行了。老陳見讓不過，就接過小毛頭

來抱。一上手，卻一驚，小毛頭的身子軟得幾乎抓不住。老陳的臂膀立時緊張起來，不敢太開，也不敢太收，寶物似地捧著小毛頭，動也不敢動。好不容易抱穩了，卻又生出點羞怯。他從來沒有抱過小毛頭，樣子勢必怪裏怪氣。偷眼看看周圍的人，卻發現沒人注意他。人的精神都在對付前後左右的推力，只圖站穩。老陳自在了些。見俞玉拉著扶手，微笑地看著小毛頭，便也把眼睛落在小毛頭臉上，裝出很有興味的樣子打量著。卻眼睛看直了：小毛頭睡著了，粉紅的小鼻翼一翕一翕的。臉上有一層細細淡淡的汗毛，絨花似的；身上，一股淡淡的奶香撲著他的鼻子。竟有點發呆。心想這就是生命之初，多乾淨多可愛喔。

俞玉輕鬆了些，擦了額上的汗，心裏感謝師父。說，師傅，你抱得很像呢！一下子把老陳說得臉紅起來。訕訕道，哪裏呢，哪裏呢。說著，收放一下手臂，希望顯出更像的樣子。並說，也奇怪，一條地鐵線，以前怎麼沒有見過你呢？俞玉說，就是啊，不過也難，地鐵這麼多人。今天是碰巧呢！

到了站，俞玉要抱回小毛頭。老陳雖仍羞怯，卻想，俞玉又揹包又抱小毛頭，自己空手不像話。換俞玉的包來揹吧，又覺得揹個女人的包還不如抱個孩子。就說，沒事，還讓我抱吧！動來動去，把小毛頭吵醒了。堅持抱著小毛頭，到了廠門口，交給俞玉抱去哺乳室。

第二天，老陳想，知道了這件事不幫忙不好，還是自己的徒弟。而且一條地鐵線，幫忙也容易。於是候著昨天同樣的時間、同一節車廂上車，果然又碰到了俞玉。又幫手抱小

毛頭。再後來乾脆説定了時間、車廂，日日幫。俞玉先不肯麻煩師父，見師父很誠懇，也顯著開心，就答應了。

一日又一日，老陳抱小毛頭的手勢愈來愈熟練。原先的羞怯不知不覺變成了自豪。小毛頭乖乖地依偎著他，小手勾著他的脖子，幾乎叫老陳感動。老陳忽然覺出自己其實蠻有力量的。曾經那些人嫌他矮，嫌他不健壯。三人為虎，他自己也生出了孱弱感。真是的！這不？他有勁著呢！

小王知道了這事，很感激老陳，就常常請老陳去家裏吃飯。小王原先身體好、上班的時候，坐在人事科裏，那臉一本正經的，很嚴肅。那時候，老陳不太和小王搭話，搭不上。這會兒，老陳覺得小王兩口子的性格其實很像，都很溫和，親切。老陳原也寂寞，有了這麼戶人家走動走動，倒也願意，漸漸成了常客。

小王喜歡下棋，尤好象棋。久病少朋友，缺少對弈的。便常自己和自己下，找死棋、絕棋來練。棋藝不錯；老陳其他棋子不會，偏會象棋。小時候和父親玩過。偏門一種，倒也玩得能和小王一拼。兩人都喜出望外。小王高興終於碰上個有空閒又能對弈的人；老陳嘴拙，不喜聊天，有事做最好。是故，兩人見面就下棋。

他們下棋時，俞玉就在廚房裏做飯。廚房和客廳中間是玻璃門，能望見俞玉在裏面忙著，圍著飯單，灶前、水池，洗洗切切炒炒。小王走棋有癮，老陳卻無癮，便常常瞄幾眼俞玉做飯。心想，女人做飯時的樣子比做工時更入眼。就説，看不出俞玉很會做飯。小王笑，並不看，只説，做飯是女人的天性，結了婚都會做。老陳看著玻璃那邊，有點呆。

小王「將」一聲，贏了，喜不自勝。

俞玉做菜很有兩手，一會兒，家常小菜端出來，五彩繽紛，香味撲鼻。老陳也幫忙拿碗拿筷，端菜端飯，兩公婆都喚他坐著即可，卻不知，老陳極喜歡這樣的家常。這種忙，對他來說是享受。

去多了，才知道小王的病是常發的，而且發起來很嚴重，關節痛得人不能站立。一日，老陳去，正碰上俞玉扶著小王準備去醫院。小王根本不能走，整個人壓在俞玉身上。兩人艱難地在樓梯上往下掙扎。兩人數著一二三，一起用力，一起往下。老陳見狀一呆，急忙上去，在另一邊扶著小王，盡量把小王的壓力都弄來自己這邊。到了樓下，一個扶著小王，一個截的士，兩人好不容易把小王送到了醫院。老陳這才知道，每次小王發病，俞玉便是這樣送小王去醫院的。心裏吃驚，很難想像憑俞玉那樣柔弱的身子，怎麼把小王弄去醫院的。想到兩人在樓梯上數「一二三」互相鼓勁的情景，很是感觸。這就是家。有女人的家。

自此以後，小王犯病送醫院，老陳就去幫忙。架著小王上下樓梯、架著小王去如廁、架著小王⋯⋯做各種用力氣的事情。小王比老陳高了半頭，養病又把身體養胖了。老陳每次架著他，每次都累得小個兒氣喘吁吁，大汗淋漓。但老陳精神昂揚。憑著小王家的鄰居打量他，憑著醫院裏的人打量他，他只奮勇著。有時候，自己能單獨對付的，還不要俞玉搭手，倒弄得俞玉有點不知所措，只好在一邊感激地看著師傅，伺機幫手。

俞玉不知道，老陳每每做著這些，心裏湧湧著一種喜

悅，一種做男人的喜悅。男人如山為人靠，這感覺於他是陌生的，或者說是遺失了的，不意如今用上了。老陳於此感受裏徜徉，但想淋漓盡致。

老陳日益逾越自己。有時候週末，老陳去俞玉家，會故意提了包熟菜嚷嚷著說要找飯吃。實際上，這種故作隨意的樣子，於他這個拘謹內向的人來說是困難的。暗自羞愧自己像在學大成兄。但他還是喜歡這樣做，喜歡這種隨意、灑脫的感覺。

俞玉是聰明人，一眼看出師傅的勉為其難，很感動；卻也更聰明地知道，她必須裝出渾然不覺的樣子，竭力保護師傅的這點自得、自信、自豪，不讓他害羞、著惱、以至於縮了回去。俞玉便會爽利地接過老陳手裏的熟菜，裝盤，也隨意地說，好香呀，師傅真會買。還吩咐老陳拿碗拿筷子。小王也心領神會，說，太好了，有菜下酒啦！拿出酒杯來，和老陳飲。

日復一日，兩公婆還在家裏為老陳備了專用拖鞋，專用茶杯、酒杯。老陳的鈕扣掉了，衣服脫線了，俞玉也即刻給他縫上。老陳高興無比。

八

漸漸地，人們發現老陳對兩個徒弟顯示出異乎尋常的關愛和庇護。

但凡老陳出去銀行辦事，總要買些牛肉乾、蜜餞等等。

牌子就是他在煙灰缸裏見到的那些。他那通常扁扁的黑色人造革提包，由此鼓鼓囊囊起來。回來後，他不像以前那樣先向科長交代所辦之事，而是一聲不吭，快步穿過大間，進入小間。

開始，倆徒弟很是不好意思。大間的人只聽到兩人在推辭，接著又聽到兩人掏出錢來要給老陳。推來推去，老陳發火了，蔫聲蔫氣，每個字卻毒，說，再煩，就別再認我做師傅！兩人便吃了，自然是歡快無比。

夏燕兒、俞玉走出去，大間的人悄悄說，你們開心唻，甜甜酸酸有味道！又大聲向小間喊，陳師傅請客，怎麼沒有我們的呀！

老陳有點尷尬，站起來，臉紅，木訥，說，有，有，大家有。下次，下次。

過兩天，老陳果然買了一盒西餅回來，每個桌前去派。大間、小間都是奶油香。

大家怎麼好意思吃呢，本是拿老陳開玩笑的。西餅放在桌上，倒難堪了，連連說，怎麼辦，怎麼辦，花很多錢呢！最後當然是沒辦法，大家只能吃了，以後卻再也不敢說老陳。

老陳依然常常帶些零食回來。

財務科評比上了「年度先進集體」，得獎狀的同時也得了一筆獎金。獎金金額不大不小，分現金，既太少傳出去也難聽；一起去吃頓飯，時間上很難湊；買些實物分，公要硬的婆要軟的……有人建議，不如買些禮券，自己愛怎麼花就怎麼花。

計算人數的時候，科長卻有些為難。先進集體評的是上一年，而夏燕兒、俞玉今年才來的。不算她們吧，這種獎金就是一種歡喜，你有他沒有，不太好看；算她們一份，又怕科裏十個指頭不一般齊。

一日趁兩人回車間辦事，科長把這問題提出來和大家商量。

誰知科長話音未落，對這種事情從來不聞不問的老陳，在側牆裏突然冒上來，急急説，要算，要算，怎麼不算！他們不是天天在這裏做事嗎？

其實，大家心裏覺得就這幾個錢，商量甚麼呢，給就給吧。可是，話不是這麼説。有人就逗老陳，説，陳師傅，這錢可是去年的份子喔！

老陳一聽更急了，去年的份子怎麼了？現在有幾個人就幾個人嘛！去年的怎麼了？現在……來來去去那兩句話，説不出甚麼理由，喉嚨卻響得叫人吃驚。

大家都笑了，即便理論上知道該怎麼算，但沒人再説。也不願得罪夏燕兒和俞玉。那倆姑娘和大家的關係都不錯。笑著説，就照陳師傅説的做吧。通過了。

老陳還怕變卦，自告奮勇去銀行買禮券。提起他那黑色人造革包，騰騰騰去了，騰騰騰回了。把禮券交給科長，取了三份迫不及待帶進小間裏。一系列動作比以往任何時候都麻利。

兩個徒弟拿著禮券莫名其妙，連説，財務科蠻好的呀，來了兩個月就有鈔票發！

九

也不知從哪月哪日起，老陳的穿著認真起來。首先是衣服分了季節。冬天是合體的棉衣、大衣；夏天是正規的襯衫、外套。這些衣服好像是在箱底裏翻出來的，帶著些樟腦丸味道。款式舊，卻都有八九成新，都熨得很平整。腳上也悄悄換了簇新的皮鞋。大頭黑色漆皮鞋，像是以前部隊裏發的。皮質很好，擦得錚亮。

俗話說，地要肥裝，人要衣裝。眾人眼裏的老陳不知不覺精神起來，順眼起來。漸漸的，老陳又有了新的傳說。今天有人說，見著老陳在時裝店裏轉悠，打量架上新裝；明天有人說，見著老陳在鞋店裏坐著試皮鞋；後天又有人說，見著老陳提著大包小包在時裝展銷會出來……

這於別人是正常的消費行為，在老陳身上都成了傳說。聽者好奇，愈傳愈開。

慶祝元旦，廠裏發了張電影票，大光明電影院，觀看當時最火的一個電影。電影散場，燈大亮，大家吃驚地看到老陳竟然穿了套西服，全毛黑灰料，暗紅的絲質領帶。一望而知是名店產品：筆挺柔軟，合體合身。老陳那碩大的臀部正好被遮住，正好撐住下擺，把個西裝撐得飽滿而熨貼。

大家都呆住了，雖然大家時不時也穿西裝，但是老陳穿，依然叫人發呆。呆著，不由在心裏承認老陳穿西裝蠻好看的；不由想到，老陳其實長得不醜；不由想到，老陳其實可以討個老婆……有人捅了捅大姑娘叫她看。大姑娘其實早留意到了，正情緒複雜，被人捅，反而不好意思，別過臉

◎ 愛是美麗的

去。廠長尤其高興，以為自己政績卓著，令職工歡欣鼓舞。一個慶祝會，這麼隆重地對待。想著，也有點內疚。早先，廠裏發西裝，受支出額度限制，結果貪便宜做出來的西裝很少見職工穿。偶爾穿的，也是當工作服。廠長有點感慨，拍拍老陳膊頭，喚一起走。

也不知從哪月哪日起，財務科的人發現，老陳不總是悶在角落裏了，有時候，也像他的兩個徒弟，端著茶杯，站在大間裏說笑。聲音不再蔫聲蔫氣，竟是亮堂多了。而且話多練嘴，偶爾還能說句俏皮話甚麼。

也不知是從哪月哪日起，科長發現老陳做事不再那麼木愣愣、慢濟濟的了，也可以交些急活給他做。而且你急他更急，起勁地「嗨」一聲，接過去，就麻利地做起來，很快完成。

十

沒人想出來是甚麼原因叫老陳變了，倒是有人想出來給老陳、大姑娘再拉拉線。說這兩人現在倒是蠻般配的。大成兄結婚後，說書的時間少了，每天一下班就往回趕。挺顧家的。聽說這件事，卻也願意拍馬上陣，再續前職。

大姑娘羞羞地說，先問他，先問他嘛！他說行，我就沒意見。

老陳茫然，說，行嗎？不行吧？怕不行。說實話，提起大姑娘，他心裏一直是有好感的；只是想起曾被那人拒絕，信心不足。

大成兄卻似乎有把握，說，試試嘛，今日不同往日，你看你，不同啦！一溜嘴，又是一檔子書，把老陳由頭到腳、由內到外地評說了一通。說得老陳幾乎像剛剛淘洗出來的金子，鋥光賊亮。老陳熟悉大成兄，自知是誇大了的，但心裏是喜滋滋的。信心卻是有了，頷首試試。

誰也沒想到發生了後來的事情。

那日，財務科正忙著做事，忽聽門外人聲嘈雜，腳步奔忙，有人在喊，大家來幫幫忙！出去一看，見很多人往勞防用品倉庫跑去。這才知道，那裏著火了。火勢剛起，倉庫裏的人正慌亂地把一箱箱勞防用品搬出來，斷絕燃燒。勞防倉庫近辦公室區域，故各科室的人都跑了出去幫手。那邊，已使人報告消防。

人多快捷，各種紙箱、木箱，一件件往外搬，火勢卻未能遏制，煙霧夾著火苗，啪啪作響。廠長見有危險，命令大家都撤出來。消防車也已到了，火速拉出水喉等，準備救火。大家站在門外，個個大汗淋漓，髮散衣亂，卻不肯離去，擔心地看著火勢。

不知誰說，咦，財務科的夏燕兒和俞玉呢？又有誰說，剛才還看見拖箱子呢！大家迅疾四看。只聽得老陳一聲絕望的低吼，猛然往倉庫衝去。幾個聲音急喊，不行！危險呀！哪裏喊得住？那邊衝過來一個消防員，也一把沒拉住他，老陳消失在煙火裏。

老陳再也沒出來。

其實夏燕兒、俞玉已經轉身回了財務科。夏燕兒的眼睛

被煙熏得生痛，淚流不止，兩人回去找藥棉抹拭。待知道這事，痛得兩人哭啞了聲。

從此小間是痛處。

後來，各家媒體前來採訪，大家紛紛回憶老陳。平時不覺得老陳怎麼，說起來卻發現了很多優點：關心旁人啦，工作細緻啦，業務拔尖啦，不爭搶功勞啦，以廠為家啦……說不完。其間大成兄的不少句子，被小記者認真記了下來，說概括了英雄人物的心理狀態。

傳媒還特地去了俞玉家裏，採訪小王，了解老陳如何揹著他去看病的事蹟；夏燕兒、俞玉也被傳媒追訪了幾天，說師傅如何以身作則，如何耐心細緻，如何謙虛謹慎……

唯有大姑娘，雖心裏痛得猶如未亡人，卻無法說甚麼。只能遠遠望著各種採訪，暗自神傷。

報上登出了老陳的英雄事蹟，看了叫人感動。財務科的人也看，也感動，卻總覺得有些東西沒寫出來，隔靴撓癢之感。放下報紙說，新聞啦，新聞就是這樣的啦！

（此文獲上海市「建設者」1987 文學徵文大賽中篇小說一等獎。

修改於二〇二一年七月）

本創文學 54

重要的人

作　　者：朱　華
責任編輯：黎漢傑
封面設計：LoSau
法律顧問：陳煦堂 律師

出　　版：初文出版社有限公司
　　　　　電郵：manuscriptpublish@gmail.com

印　　刷：陽光印刷製本廠

發　　行：香港聯合書刊物流有限公司
　　　　　香港新界荃灣德士古道 220-248 號
　　　　　荃灣工業中心 16 樓
　　　　　電話 (852) 2150-2100 傳真 (852) 2407-3062

臺灣總經銷：貿騰發賣股份有限公司
　　　　　電話：886-2-82275988 傳真：886-2-82275989
　　　　　網址：www.namode.com

新加坡總經銷：新文潮出版社私人有限公司
　　　　　地址：71 Geylang Lorong 23, WPS618 (Level 6), Singapore 388386
　　　　　電話：(+65) 8896 1946 電郵：contact@trendlitstore.com

版　　次：2021 年 12 月初版
國際書號：978-988-75759-4-8
定　　價：港幣 88 元 新臺幣 270 元

Published and printed in Hong Kong

香港印刷及出版